魂顛記

The Apocalypse of *Fudingjin*

周慧玲 編劇作品

一百零一個鬼話連篇的理由

《魂顛記》談不上效尤莊子「謬悠荒唐之言」，只有一百零一個鬼話連篇的理由。

歷史記憶漸薄如蟬翼，再如何鞠躬盡瘁的追憶也不足力敵人心的憤怒健忘與偏執；肉身現實與心欲壑礙百般交纏，怎樣才能捕捉認知世界裡真假纏綿的風景？不如講鬼！移地創作產生了熟悉的陌生感，讓思考更為靈活新鮮，也更想親近看倌。講南方的鬼，可以當作編創者奉待看眾的點點薄意。

謝鑫佑小說《五囝仙偷走的祕密》中詭譎瑰麗的魔幻世界，加上故事背景覆鼎金活脫脫南台灣的在地現世傳奇，雙倍回應編導的尋尋覓覓。更好的消息是，不僅提材絕佳，小說家也有意開放改編，遂圓滿了《魂顛記》假借轉用、鬼話真說的心念。

《魂顛記》全劇一序三部二十來個短景,既是效法折子戲作法,每個折子短景自成一個小世界,一貫串起小人物的悲傷和療癒,也是以輪迴的結構,說主人翁一生一世真偽難辨的魂顛魄悸。看倌順著看,可以當作是男主王勝邦遭逢喪子之痛的百轉愁腸,倒著說,也可以是童靈亡魂眷戀在世親人的千迴罣礙;而劇中三位一體的母親們,則濃縮了「痛失」予人的徹底絕望,以及直面痛失時,最難承受的超越。

劇場本是虛妄,在劇場裡演繹虛妄,簡直一椿自我矛盾的妄念行動。做戲本來假裝,戲台上的假裝因此能弔詭地較真。那麼如何在戲台,以假做虛、借虛事而言妄念?戲偶也許是窺生死參罣礙的鎖鑰。戲偶之為物,表演者令它其起死回生,編導者藉它說虛道實,只因戲偶既能創造夢想幻象,隱身其後的偶師,其自斂地存在著,讓偶戲本身便是一組如假亦如真、操縱也被操縱的矛盾組合,恰好寓言了劇中人天上人間的虛實並存、生死相依、罣礙與超脫相與的心境與遭遇。

如果小說原著以魔幻傳奇稱,《魂顛記》借用「生與

死與」的詭譎景觀，訴說人間在世最美的夢想，不過材米油鹽的細瑣，亡魂幽靈最深的罣礙，莫若聒噪喧嚷的拌嘴。死與生與？天地並與？神明往與？沒有國仇家恨，沒有解構對抗，沒有質問探詢，不譴是非，以與世俗處。

謹此，超渡那些我們不得不或不慎遺忘的故人與故事。

二〇二〇年十月於台北・光復南路

目次

劇情大綱

全劇共一序、三部。

序：話說小學老師王勝邦的兒子王聖任死了，妻子黃淑華發瘋，夫妻離異，各自南北西東。果真如此？王聖任的老師江宛容揭露了一個祕密：王勝邦的記憶已然錯亂。他常常顛三倒四的把沒發生過的事說得跟真的一樣，又好像算命仙那樣，把過去的事當成未來在預告。江宛容所言屬實？北南往返，幾番輪迴，人鬼何必殊途，你是我來我是你。

第一部（九景）：鏡中訪山。在覆鼎金還是墓區的年代，小學教師王勝邦請調南下教書，家訪他在鼎金國小擔任導班上五位繞著覆鼎金公墓居住的學生。隨著家訪步調，王勝邦發現五個社會邊緣學生的家庭祕密、目睹公墓拆遷帶來的人心惶惶、揭開覆鼎金的傳說與傳奇。在五個學生身上，他重溫人們喪子和離異

的傷痛，猶如自己和妻兒的複寫／影子；他幾度誤認他的學生和覆鼎金的女人，以為是他已逝的兒子、離去的妻子。當政府下令強制拆遷覆鼎金公墓時，兩位學生的母親突然失蹤，覆鼎金下起傳說中大難臨前的滂沱大雨。大雨中，漂流南方的王勝邦徒然憶起曾經的歲月靜好，匆匆北上尋訪他生命中的空缺。

第二部（八景）：水裡撈月。回到台北的王勝邦，驚鴻一瞥江宛容，只覺得彼此的記憶更加南轅北轍。憑藉對前妻黃淑華的了解，勝邦找到前妻住處，發現兒子王聖任依然如故，並且和淑華以前夫前妻的身分，接續未完的姻緣，連續生了四個小孩，共譜「我的家庭真美好」的童話世界。奇怪的是，五個孩子從出生到成人，猶若覆鼎金教過學生的轉世與附身，儘管勝邦逐漸老去，他的長子永遠長不大、他的妻子始終凝滯在青春勝美中。八十歲的老王勝邦在家人的陪伴下，重訪湖畔聽到熟悉的「五子歌」，俯看湖水尋覓親人身影，墜湖。她的妻子則猶似完成一場遲來的儀式，靜置丈夫與兒子身軀於湖邊水畔。

第三部（三景）：問鬼神。醒來的王勝邦看見自己身

邊躺著四個小孩：他回到了當初南下的三十七歲，身邊的孩子則變成四個覆鼎金孩童。保安宮前，他見到熟悉的學生家長，他們傾訴著看似熟悉又全然陌生的覆鼎金歷史舊事，紛紛否認五子的存在。不變的是，昔人都已來到生命的盡頭，八十甚或九十歲，並且一樣強烈地思念故去的親人，意圖在一場醮會上召喚亡靈，趁著煙雨濛濛的夜色，探訪永沉湖底的故人魂影。在這看似陰陽顛倒的場景裡，徐玉鳳猶如記憶的持有人，為王勝邦拾掇錯亂的記憶，交付他穿越陰陽的密碼。在湖底，王勝邦澆醒四位沉睡許久的學生，澆灌消失經年的覆鼎金記憶。當王家兄妹隱身操弄的覆鼎金五子們拿起筷子，齊力划龍舟般，做出划水仙的科儀，意圖拯救故里免於澆鼎大難；湖畔醮會道場上江婉蓉道士和徐玉鳳仙姑，則是激昂踱步八卦陣，幽幽嘆息一生真偽復誰知？究竟何者在地上？誰人埋地底？魂顛魄倒，最深是相思。

人物說明（按出場序）

江宛容（簡稱江）：劇中兩位江宛容，一位是王聖任的班導師、王勝邦同事，國小教務主任江宛容；另一位是梁育廷的癡呆瘖啞母親梁江宛容，後世傳為道德院第一位得道羽化升天的女道士。她們既是傳頌故事的人，也是冷眼旁觀者，由同一演員分飾。

王勝邦（簡稱邦）：國小老師，黃淑華的丈夫。劇中年齡從三十七歲到八十歲。八歲兒子亡故後，與妻離異，請調覆鼎金教書。三年期間，他在五個學生身上反覆看見妻兒身影，返回後，他的五個孩子則猶如學生的轉世。喪子的哀傷讓他在未來與過去間徘徊。魂顛魄悸之間，耄耋之年的老王勝邦沉入湖底又突然折返中年，並在地底見到永眠的覆鼎金學生們。他重返覆鼎金，在一場安魂超渡的醮會中，偕同溫文仲等人，夜探澄清湖底，醍醐澆醒五子魂魄，以划水仙之祭，祈求故里平安，土地不擾。

黃淑華（簡稱華）： 王勝邦妻，與夫為同事，因為兒子王聖任八歲那年車禍慘死而陷入瘋狂、與夫離異。喪子之痛令她的生命凝滯於三十四歲那一年，永遠不曾老去，甚至與前夫王勝邦再續前緣，連生子女四，容顏終未改。她永遠的青春給予傷痛的王勝邦無限安慰，也是勝邦對美好家庭的浪漫投射。在劇中，黃淑華、唐麗芳、徐玉鳳三位一體，凝聚劇中母親對喪子的深沉思念，也承載回應王勝邦喪子的傷痛。

郭韋萱（簡稱韋）： 王勝邦在鼎金國小的五年級學生。其父郭科星脾氣暴躁，經常對家人粗口相向，韋萱卻總是能心平氣和地對待暴戾之氣。家庭傳承的殯葬撿骨事業似乎賦予她包容的胸懷仁愛，讓她維繫著五個邊緣兒之間的情誼，猶如五子領頭羊，大姊大。

張上蕙（簡稱蕙）： 韋萱母，逆來順受丈夫的暴躁，肩扛覆鼎金拆遷的鄰里壓力。她和弟弟張有隆在墓區長大，席墓龜而眠，傳給女兒不畏生死的勇氣。

郭科星（簡稱星）： 韋萱父，鳳梨園農戶，覆鼎金里長。不善於表達自己，只有爆粗口的時候能說完整句

子，因此慣以暴戾掩飾不安。反對都市發展拆遷，卻難以力挽狂瀾，更加焦躁粗口。妻子亡故後，瘖瘂不語，在妻弟張有隆陪伴下，稍有恢復，也還是氣喘噓噓，縱然開口亦難盡言心意。與張有隆等夜探澄清湖底，自此未歸。

張有隆（簡稱隆）：郭星科的妻弟。覆鼎金公墓的水土師父，牽亡撿骨維生。年輕時，守著病妻蝸居公墓旁，平日害羞少言；晚年時，陪伴鰥居多病的郭科星，聒噪絮語不斷。當溫文仲抵不住相思辦起慰靈超度的醮會，他也偕姊夫跟隨鄰里故舊，夜探芳魂於澄清湖底，自此未歸。

溫文仲（簡稱溫）：高雄市政府都市更新計畫調查員。害羞膽怯，暗戀同事學姐唐麗芳，在唐喪夫失子時，成了她的依靠。他在調查覆鼎金期間，和王勝邦成為莫逆。當唐麗芳永眠澄清湖底後，癡情的溫文仲在湖畔開了餐廳，並在半世紀後，抵不住相思遂辦起超度醮會，偕勝邦等夜探澄清湖底，安魂慰靈。

唐麗芳（簡稱唐）：溫的同事，學姐。二度蜜月期間一場意外，丈夫亡故，懷著遺腹子返回。她無法接受遺腹子出生隨即死亡的悲劇，在溫文仲善意的哄騙下，誤認吳子淳為她失去的兒子；她時而瘋癲，時而清醒，最終在一場水難中失蹤，謠傳埋身澄清湖底。她是溫文仲終身的遺憾，也和黃淑華林秀英互為對照，三人三位一體具顯喪子的傷心母親。

吳子淳（簡稱淳）：邦在鼎金國小的五年級學生。綁著南島先民式辮子頭，牽著一隻木頭鴨，雙眼深邃具有魔力，能催眠伏心。看似恬靜，一旦出言，總是洞悉人心，因而受同儕懼怕排擠。養鴨大王吳通為養子吳木山領養子淳，無血緣的三代組成支殘缺的家庭。子淳明知唐麗芳錯認他，卻乖巧地配合只為彌補自己沒有母愛的缺憾。當他的收養家庭支離破碎時，年幼子淳一肩挑起家計。

吳通（簡稱通）：夾著南京口音的養鴨大王。吳木山的養父，吳子淳的領養祖父。脾氣暴躁，一生未婚，建立無血緣的三代，組成一個殘破的家庭。曾傳與媳私，甚至離家。晚年癡呆癱瘓，孝媳淑娟奉養終老。

吳木山（簡稱木）：吳通養子，吳子淳養父。性格軟弱，因父親與妻私通的傳聞而陷入癲狂。

何幼花（簡稱幼）：梁育廷的外婆，江宛容的母親。總是深鎖眉頭，謙和而不苟言笑，寫一首工整毛筆小楷。丈夫江金和去世以後，繼承拾荒工作，終日帶孫兒聽經道德院，勉強教養高智商的孫子。她幫道德院抄寫牒文換取薄酬，以信眾捐獻維生。

梁育廷（簡稱梁）：勝邦在鼎金國小的學生。帶著細金邊眼鏡，眉毛結實濃密。來自一個典型的弱勢窮困家庭：他的母親江宛容天生瘖啞，靠著外祖母何幼花在道德院洒掃換取每日供食養活三口，又從拾荒過程裡揀選知識糧食。這樣的歷程養出育廷極高的知識與智慧，安慰著這群南方一隅的邊緣兒童。他最好的朋友是力大無窮的孫宏軍和神祕敏捷的子淳。

孫宏軍（簡稱軍）：邦在鼎金國小的五年級學生。家庭經濟中等，客籍父親孫順達在澄清湖從事旅遊船運。宏軍力大無比，在這個超能力背後，是一顆脆弱的心，備受身世之謎的困擾，經常跟有智慧的梁育廷

吐露心情。他常出入覆鼎金墓區的萬應公廟，因為他認為那裡隱藏著他的身世祕密。他的生父母實為他口中的叔叔叔梅，也就是孫順賢林秀英夫婦。

洪嘉枝（簡稱枝）：邦在鼎金國小的五年級學生，家庭環境較好。個頭極小，如八歲小女生，由偶扮演。她父親洪啟松是地方權勢保安宮董事長，母親是出身百年繡莊的繡娘，以針線紀錄為人知與不為人知的祕密。嘉枝與生俱來令人人想起美好事物的天賦異稟，也因此難以承受父親的市儈與庸俗。

林秀英（簡稱林）：孫宏軍的親生母親，勤儉持家的客家女人。她面容極美，幼時小兒麻痺，一腿殘跛，性格害羞內向。她和丈夫感情極好，因此雖千百不願，仍勉將獨子過繼大伯，只是經常難忍不捨，暗自造訪宏軍，又總是按耐不住地流著壓抑母愛的淚水。

洪啟松（簡稱洪）：嘉枝父親，保安宮董事長。總是電話不離手，籠絡各種政商關係。

洪徐玉鳳（簡稱鳳）：洪嘉枝母親，繡莊千金，嫁給洪啟松為妻，看不慣洪的作為，把自己關在家裡繡花。她通曉保安宮乃至覆鼎金的過去。她在保安宮的桌圍繡片裡，藏盡自己的心思情緒，留下混融歷史與傳奇的覆鼎金傳說，補綴勝邦混亂的記憶。晚年以大善人寡妻之姿，深受鄰里敬重，常與江婉蓉道長結盟主持各類醮會。或因佛道微妙，兩人總是互敬以戲謔。當王勝邦，溫文仲決定攜手夜探澄清湖，一訪湖底芳魂，她揭示生死乾坤的關竅，提點魂顛魄悸的迷津。

王聖任（簡稱任）：王勝邦和黃淑華的長子，八歲時車禍身亡。他的靈魂繼續與父母共存，始終保有孩童的調皮，愛作弄人。覆鼎金四子長伴他身側，最後五子魂魄受親人思念的澆灌而甦醒，提議以划水仙科儀，求雷神救故里舊人於澆鼎水難中。

朱添梅（簡稱朱）：孫宏軍的養母，也是他的伯母。無子嗣。晚年與鄭淑娟，溫文仲結伴澄清湖畔開餐廳，因為思念溺斃澄清湖的丈夫，隨王勝邦，溫文仲等，夜探澄清湖底欲訪舊人，自此未歸。

鄭淑娟（簡稱鄭）：吳木山的妻子，吳通的兒媳，曾任歌星，昔日紅塵繁華，盡留她一襲襲華服，並總是不合時宜的穿在養子吳子淳的身上。曾被傳認與吳通有私，卻在吳木山亡於水難後，和溫文仲、朱添梅合夥開餐廳，奉養癡呆的公公吳通。她曾思及隨眾人夜談湖底舊人靈魂，終未能成行，交給好姐妹朱添梅一首開啟魂魄密語的歌謠。

江婉蓉（簡稱江）：皈依道德院的坤道，自稱江宛容的女弟子，與隔鄰徐玉鳳交好，佛道相依同行。當王勝邦偕同溫文仲等人夜探澄清湖，欲訪湖底舊人，女道長江婉蓉操持法會，以《魂顛魄悸》謠祈眾人神鬼平安，土地不擾。

角色配置

(三十二個角色，九位演員串演，按出場序標示；楷體為偶。)

吳維緯：江宛容主任／梁江宛容／江婉蓉道長

林子恆：王勝邦／王聖任

徐堰鈴：黃淑華／唐麗芳／林秀英／洪徐玉鳳／洪嘉枝

劉廷芳：郭韋萱／何幼花／醫護／王薇玄／朱添梅

李梓揚：張有隆／吳子淳／王智村

呂名堯：溫文仲／梁育廷／王裕汀

韋以丞：孫宏軍／王鴻俊／吳木山／郭科星／王小俊

劉毓真：張上蕙／女道士／洪嘉枝／王聖任／鄭淑娟

特別客串吳世偉：吳通／洪啟松

舞台

第一部呈現山影和第二部為水景；山影如水墨色調寫實擺設，水景如粉彩娃娃屋風格。隨著人物的上場，兩組舞台組件或交替互換，或互相抵斥，或虛實互映、記憶與夢境並置。第三部全部清零，只剩淡淡山影輪廓，與幢幢水影折射。

序

（舞台還在組合中，可以看見山景和水影部分組塊。）

（穿著套裝的江宛容，駕著滑板車八字滑行，猶如操作神祕科儀步度。）

（劇本對白語末未標示標點符號，或非正規使用標點符號，為舞台指示一部分。）

（例如，對白末未標示標點者，表示語氣未完，另一角色已經開始說話。）

（對白中「／」示意此處被另一角色搶白。）

江宛容：譬如說，我就是我，對不對？可是他不是他。我們學校那個王勝邦，五年仁班的班導。他常常顛三倒四的把沒發生過的事說得跟真的一樣，又像算命仙把過去的事當成未來在預告。譬如說

王勝邦：（撐傘上）江主任早！

江：早！早！王老師今天

邦：臺北天氣都這樣陰雨綿綿的嗎？還是我們南部好，永遠陽光普照。建議主任也請調南下教幾年書試試。

江：南下？喔，別急，現在很少人請調南下，你的案子應該很快通過（王勝邦朝水影區組塊走去）。哎哎哎，你這個人……剛才說到哪？喔，譬如說，我是江宛容，沒有花花草草，我不跟人家拈花惹草；就乾乾淨淨、清清爽爽，音容宛在的宛容。國小教務主任。剛才那個就是王勝邦。明明是自願請調南部學校，卻說是返鄉服務。為什麼南下就是返鄉？我都開始懷疑他到底是誰？當然，我們不會真的跟他計較，因為他兒子王聖任八歲那年，車禍死了，校車和大貨車相撞，砰！（頓）從此以後，全台灣各級學校都撤銷校車配備，連帶所有公務機關的交通車經費全被立法院砍光光。我江宛容只好每天騎著滑板車上下班。待本仙姑騰雲駕霧，為各位信眾撥雲見日一番……

（江宛容駕滑板車繞台，單手朝天比劃著。）

（水影區裡，王勝邦一直盯著躺在床上動也不動的妻子黃淑華。）

（他將妻子從床上抱起，放在一旁的椅子上。）

邦：妳又尿在褲子上？怎麼不先叫我一聲？先在這裡
　　坐一下，不要動。我幫你擦個澡，清理乾淨。

（勝邦走進走出準備盆子熱水肥皂毛巾梳子，自言自語。）

邦：肚子餓了沒？早餐想吃什麼？要不要煎個蛋？妳
　　以前最喜歡煎太陽蛋
黃淑華：生任任前兩天的半夜，

（淑華忽然開口，嚇了勝邦一跳。）

邦：妳說什麼？慢慢說，不急
華：（不理會邦，拖曳著紅色長睡裙，四處漫遊）我聽到
　　奇怪的腳步聲，
邦：什麼奇怪的腳步聲？什麼時候？昨天晚上？
華：（沉浸在自己的世界裡）接著肚子就開始痛起來，
　　好痛！你在旁邊睡得跟殯儀館的死人一樣，動也
　　不動。我又痛又急
邦：不急，不要急，淑華，妳太久沒開口說話，

華：（如間歇陣痛般）實在痛的受不了，想到客廳打電
話，一走出臥室，就看到客廳滿地的人頭，咕溜
咕溜滿地滾。對面的街燈照進來，把它們照的晶
光亮，仔細一看，（上舞台滾出大小球狀物）是白
蘿蔔刻的娃娃頭。我正在想是哪來的這些蘿蔔
頭，客廳落地窗突然被一輛貨車撞出個大洞，車
尾巴不停掉下來一模一樣的蘿蔔頭。我的肚子實
在太痛了，痛的快暈過去了，必須立刻去醫院，
可是那些蘿蔔頭，那些蘿蔔頭

邦：蘿蔔頭怎麼了？

華：你在哪裡？勝邦？你到底去哪裡了？

邦：對不起，我

華：那些死蘿蔔頭越堆越高，堆成一座山，我找不到
你，只好從那些濕濕滑滑的蘿蔔頭上面爬過去。
好不容易爬上去，一看，你竟然坐在蘿蔔頭山
上！然後，你就咕咚一聲，滑到山下。然後，任
任就出生了。

（沉默。）

邦：任任？

華：你不知道我生任任痛了多久，痛得我都想跟醫生
　　說，不要生了

邦：兩天又九個小時三十五分鐘。（沉默）淑華，任
　　任已經不在了。

（沉默。）

華：我去做早餐。任任最喜歡吃我煎的太陽蛋

邦：我去。

（淑華第一次和勝邦對視著，默然。）

邦：荷包蛋火腿。我知道。（頓）淑華，都半年了，
　　你真的一點都不記得嗎？任任一走，你就整天躺
　　在床上，不說話也不下床。整整半年。（頓）對
　　不起，我是說，難得妳今天有精神，想動一動，
　　這樣很好，可是

華：你知道怎麼煎太陽蛋嗎？小火熱油，蛋輕輕打下
　　去，不要翻面，蛋白一凝固就熄火，蛋黃才不會
　　煎太熟。任任個子小，要多吃蛋補充營養，才會

邦：他死了。任任已經死了。

（兩人沉默。）

華：我們離婚吧。（淑華拿起大小球體玩偶比弄著，猶似
　　跟兒子說話）哎喲，不要皮，快坐下！乖兒子，
　　不能挑嘴，把這個吃完，媽媽幫你做的煎太陽蛋
　　和小火腿，吃完快快長大。聖任和媽媽相依為
　　命，要乖乖的。（煞有其事地忙碌家事樣）我一個
　　人帶兒子生活，沒問題。母子兩相依為命，不上
　　班，就在家裡，每天做早點給任任吃。他去上學
　　的時候，我做點手作去賣，手工餅乾哪手工肥
　　皂什麼的。平常省一點。你知道嗎？（抱起玩偶）
　　我好想好想帶任任出去玩！嗯，不上班，再也不
　　上班了。每星期帶他去一個地方玩，從北玩到
　　南，從西走到東，一年下來，我們就可以……我
　　們離婚吧。我去煎個太陽蛋。（突然放下玩偶，凝
　　視遠方。）

（江宛容滑著滑板車上，看著一地的球。）

江：話說王勝邦和黃淑華的獨子王聖任，和其他
　　二十四個二年級合唱團的小朋友搭上校車不

久，校車便被後方貨車追撞，後車門撞出個大窟窿，車上小朋友全部摔出來，一個疊一個，堆成個小土墩。果菜市場貨車卸貨看過吧？雞蛋柳丁？黑柿仔番茄？西瓜？那天是校慶，王聖任他們二十四個小朋友，每個人都穿著合唱團的白襯衫紅領結小短褲，整坨摔出車外，那個紅領結、摔破了的小腦袋瓜、沾了血的白襯衫、加上地上一大灘的血，真像是，摔了一地的紅色小西瓜。哎唷，我的觀世音大梵王，賜我五色線，念我大悲咒，西瓜汁洗一洗唷，南無喝囉怛那哆囉夜耶……

（江宛容在圓球間邁著道士科儀般的步度，冷不防被王勝邦遞上的空籃子嚇了一跳。）

邦：江主任早！這籃鳳梨送給您，剛從南部寄上來。

江：（看著空籃子）嗯，王老師客氣了。

邦：他們說，夏天要多吃鳳梨，少吃西瓜。鳳梨酵素幫助消化，西瓜性涼傷身。

江：他們？南部親戚啊？

邦：南部沒親戚，只有學生。沒跟主任報告過嗎？您

長的很像我在鼎金國小一位學生家長。梁育廷，非常聰明，天文地理歷史，無一不通，簡直天才。

江：是學生聰明？還家長聰明？

邦：我跟你說個祕密，你不要跟別人講。梁育廷他阿公就是個回收廢紙的，一輩子撿破爛竟然撿成了個通天教主！（撿球放籃中）長年經手廢紙文件，知道太多國家機密，村民相信他可以上達天聽！天公伯真公平，撿破爛抄紙屑也能搞出個堂號。梁育廷他媽呢，是個瘖啞的文盲，一輩子沒開口說過一句話，也沒上過一天學，就愛吃油墨印出來的字，吃下去的字都可以編出好幾本字典。老天真的很公平，一個癡呆女人卻裝了一肚子文章。

江：你到底在講什麼？你的意思是，我像通天教主阿公？還是你諷刺我是癡呆啞巴媽媽？

邦：主任誤會了。她一點都不癡呆！她的兒子梁育廷不但聰明，還有一個好朋友，郭韋萱，笑起來的時候，有機會你應該要認識她，好甜好甜，跟她家種得鳳梨一樣甜，吃一口，就會撫平你所有的悲傷。

　　　　　　　　　　　　　　　　序

（十一歲的郭韋萱手裏拿著一盒切好的鳳梨，走向勝邦。）

（隨著她出現的，是逐漸清晰的覆鼎金公墓輪廓。）

（江宛容看不到郭韋萱。）

郭韋萱：老師！

江：誰？我又沒有悲傷要撫平，幹嘛要吃鳳梨？

邦：郭韋萱。原來你住在這裡！一路找了好久

江：郭韋萱？（緊張地四處張望）你看到誰了？別急
　　啊，王老師。請調南下的公文一下來，我立刻通
　　知你，好不好？你看，我現在就去找人幫你問
　　問，不著急哦。天公伯呀，南無阿唎耶，婆盧羯
　　帝爍缽囉耶。

（江宛容騎行下。）

（王勝邦逕自走向郭韋萱。）

（山景打開。）

第一部：鏡中訪山

一、墓龜旁，鼎金里長鳳梨甜

（房舍前後是一座座水泥墓龜，墓龜上晾曬著醃漬香瓜或衣物，墓碑旁放著桌椅，並不凌亂，甚至別有景緻。）

韋：老師，這個很甜（遞上一盒切好的鳳梨片），你應該吃一點。（韋萱甜笑。）

邦：謝謝韋萱。（順勢坐一墓龜上。）

韋：老師，坐這個。這個墓龜是清朝的，比較好坐。那個民國的坐了屁股癢。

邦：啊？

韋：我阿母小時後常常在這個墓龜上面睡午覺，睡得光光的，很好坐。

邦：喔，民國的沒人睡？

韋：民國粗粗的，曝菜頭拄拄好。

邦：（吃起鳳梨）嗯，好甜。

韋：我爸爸種的冬蜜鳳梨是全台灣最甜的。

邦：爸爸媽媽在家嗎？老師來家訪，還沒工作就先吃

起來了。真不好意思。啊，真的好甜，你說這叫
什麼鳳梨？嗯……我好像是專門來吃鳳梨的。

（勝邦和韋萱對笑。）

（溫文仲從山景洞門走出，郭科星張上蕙追在後面下逐客
令。）

（張有隆殿後，勸和兼幫腔。）

張上蕙：雨欲來矣，恁請回。若無，厝邊隔壁以為俺
　　　　尪仔某兩個掩掩揜揜共咱覆鼎金賣賣去！
　　　　（從溫文仲手裡奪回茶杯，潑掉裡面的茶水。）

溫文仲：你聽我講，里長夫人。縣市要是合併，覆鼎
　　　　金這一帶就是南台灣最繁榮的市中心。全世
　　　　界的人都會想來，大家就可以賺大錢呀。

郭科星：聽恁豪洨話！（搶走茶杯，摔向溫；張有隆護
　　　　著姊姊上蕙）莫講是以後全世界攏會來，現
　　　　此時這搭就住佇全世界的人。恁目睭扒開去
　　　　看覓，美國仔佇彼爿，天主教玫瑰公墓。拐
　　　　過彼爿，回教公墓，彼個白崇禧起的。日本
　　　　仔的納骨塔佇後爿。猶欠哪一國，恁講？俺
　　　　這是地下聯合國，敢無聽過？喔，忘記彼個

萬應公廟，內底住著好兄弟予你作伴沒孤
單。幹！（抓了杯盤又丟）有閒囉嗦，無閒去
墓仔埔巡看看？覆鼎金住幾萬人？無幾百年
猶有一千冬，恁喊拆就拆是按怎？賺大錢就
可以數典忘祖？

張有隆：姊夫，有話好好講，有話好好講。（閃避科
　　　　星丟過來的杯子）哎呦！

邦：里長，文仲兒，怎麼了？

科：枉費俺當初，看伊和那個唐麗芳兩個，講什麼市
　　政府派來的，彎是對伊客客氣氣請進來坐。結果
　　呢？覆鼎金墓仔埔欲拆欲搬徙位，由在恁嘺瀟？
　　掠做死人啞口愛使烏白糟躂？猶勿緊走？（摔椅
　　子。）

隆：（閃躲椅子）哎呦！猶毋緊走，沒要奉茶了啦！

邦：（對溫）老弟，你怎麼把里長氣成這樣？

溫：我只是告訴他們，這裡的墳墓遲早要拆遷的。

科：遷恁老母！覆鼎金予恁二十冬，看拆得掉拆無
　　掉！

隆：有話講清楚欸。

溫：王老師，過兩天我再去學校請教您。（急下。）

科：（追著溫背後喊）回去跟市政府講，只要我郭科星

猶是里長，這些墓仔就未當搬徙！恁偌欲繼續哭
　　賴咱，恁和彼個唐麗芳，房租遂起三成！

隆：（撿起地上的碎片）兩碟盤仔，四碟碗，一隻椅
　　子。明仔灶跤無碗食飯矣。

韋：阿舅，下次溫叔叔再來，你拿那支破椅子給阿爸
　　摔。

隆：好。摔斷，接起來，再摔。好。

韋：阿爸阿母，老師來家庭訪問。

隆：韋萱在學校無乖哦？

蕙：我韋萱是按怎呢？

科：王老師這個臉看起來敢像是在講郭韋萱不乖？真
　　誠直目！當初就是恁看未明，才會殺雞款待那個
　　糞埽市政府調查員，無彩恁爸一隻烏骨雞，鳳梨
　　破布子滾湯予彼兩個糞埽孝孤。衰死，規家伙仔
　　全憨人。

邦：沒有沒有。韋萱很乖，您免煩惱。

蕙：老師喔，您請坐啦。

（有隆上蕙騰出椅子給勝邦，自己坐在墓龜上。）

邦：我只是想來瞭解一下住在墓仔埔的學生放學後都

做些什麼？

科：汝莫誤會。我無住這。韋萱下課都先到鳳梨園予
俺鬥跤手，再來這找伊阿舅。這是伊阿舅阿妗住
的。俺內家舊早就是予人牟路的，老師按呢恁聽
有無？

隆：就是牽亡啦，撿骨啦，做那種的。

科：俺舅仔無後嗣，伊查某人頭殼生一粒贅仔，痟癲
痟癲，俺就將韋萱分予伊阿舅做查某囝，但是伊
猶原跟俺住。

隆：姊夫，見笑事莫講，老師無愛聽啦。

科：恁掠做我愛講？我亦是毋甘伊去予人牟路。但是
只有這樣，市政府的人才會知影，這裡不是只有
死人骨頭，猶有活人，未當隨在伊去拆，共人
趕。講到彼寡市政府的，就有氣。俺郭科星做里
長，勿但愛管裡這覆鼎金面頂幾千戶，猶有下跤
幾萬戶矣。欲按怎拆？誰敢拆？誰拆俺跟誰拚
命！幹！攏一寡糞埽！佫害我今年鳳梨失收恁再
試看覓！（下。）

（沉默。）

隆：我去來殺一粒鳳梨請老師。（下。）

邦：不用不用。韋萱剛才給我吃過了。

蕙：那不夠啦。有隆，鳳梨撿大粒的，殺一殺給老師
　　包起來。

（有隆下。）

邦：真的不用。我知道韋萱住在那邊，然後下課會來
　　公墓區幫忙。這樣就可以了。歹勢，今日攪擾。
　　我先告辭，猶有別的學生家長欲去拜訪。

蕙：老師順走。看愛去佗位，叫韋萱帶路。

（上蕙下。韋萱與勝邦同行。）

邦：你每天下課都來這裡幫舅舅？會不會很辛苦？

韋：不會。很好玩。阿舅說住在這裡的死人骨頭也要
　　吃飯穿衣，我們幫他們準備衣服和供品，他們就
　　會包庇阿爸的鳳梨年年大豐收。

邦：爸爸平常在家，對媽媽還有妳，都很好喔？

韋：（不置可否，對著勝邦微微一笑）老師，我以後種
　　的鳳梨也會和我爸爸種的一樣甜。

二、澄湖畔，養鴨三代非一家

（溫文仲看著唐麗芳幫吳子淳試穿紙紮店買來的壽衣。）

（紙紮壽衣搭配子淳原本穿著的繼母花稍而過大的衣物，顯得特別奇怪。）

唐麗芳：這邊，這邊的手先穿上。欸，還是先把裡面
　　　　那件脫掉吧。什麼奇怪的衣服，袖子長這個
　　　　樣子。誰給你買的呀？

吳子淳：褲子也可以試嗎？

唐：可以呀，等一下試。衣服有合軀無？（幫子淳整
　　理上衣）喜歡不喜歡？

淳：喜歡！謝謝媽媽。（興奮的子淳，學著鴨子轉圈
　　圈，呱呱叫。）

唐：喜歡就好。我找了好久。那個老闆說，這款的，
　　給大人比較多。我就罵他，怎樣歧視小孩呢？小
　　孩也是愛穿好看的呀。老闆就講要幫我們做一套
　　特別的。（對溫）比原來的衣服好看，有沒有？

那些到底是誰買的？

淳：是我乾媽的啦。她有很多漂亮的衣服，都沒在穿，乾爸就拿來叫我穿。

唐：就是那個做歌星的喔？難怪衣服都那麼嬈花。還有她那粒頭，梳得，嘖嘖。（對溫）欸，你確定他是我兒子？年紀好像對不太起來，有這麼大喔？

溫：妳忘了妳生他的時候痛了好久，整整兩天又九個小時三十五分鐘，有沒有？那周大哥又不在，妳就……反正後來是我幫妳把小孩送到孤兒院去的，戶政那邊我有留意，知道是誰領養他。就是在這家，養鴨大王吳通幫他兒子吳木山領養的。放心，不會錯，吳子淳就是妳兒子。

唐：唔，我也覺得應該就是他。（轉身對子淳）看著很像呢。這雙眼睛，又黑又亮，裡面好像住著一隻黑貓，跟你說的一模一樣。（細細地端詳吳子淳，對他喵一聲。突然換個口吻）溫文仲。我整理了一份報告，就是我們在覆鼎金三年的全部調查分析，今天要送上去。送出去前，你先看熟悉，下次開會你跟長官簡報，好好表現一下，聽到沒？

溫：是，學姐。

唐：市政府應該很快就有決定下來。我們需要做好全面的準備。特別是遷移前後的安置協調，要小心處理。譬如，哪些里民聚會是我們要爭取參加的？哪些又是我們要避開免得引起衝突的，知道嗎？你這個人就是不夠精明。（**轉身對子淳**）我們走咯，小黑貓。咦，小黑貓今天穿的好特別呀。是你爸媽給你買嗎？

（勝邦上。）

邦：唐專員，文仲。你們怎麼會在這裡？

唐：他陪我來看兒子。

邦：啊？你兒子？

溫：我們就來清點墓區和住戶資料。

唐：有沒有，他穿這樣是不是很漂亮？

溫：學姐，我們回辦公室吧。（**對王**）有消息第一個告訴你，差不多要開始討論接下來的進行步驟。走了。

邦：喔，好，等你通知。（**看到吳子淳紙紮人偶似的舞動著**）吳子淳，你在幹嘛？

淳：老師好！媽媽今天買了這些衣褲送給我，好不好

看？

邦：你媽媽為什麼要買紙糊的衣褲給你？

淳：不是家裡的乾媽。是市政府的唐阿姨。

邦：唐麗芳？（指著唐麗芳離開的方向。）

淳：嗯。我都叫她媽媽。

邦：為什麼？唐麗芳為什麼要買壽衣給你穿？

淳：老師，這是第一次，我也可以穿媽媽買的衣服。
　　你有沒有發現，媽媽很喜歡看我穿她買的衣服？

（吳通、吳木山上，木山默默承受養父的謾罵。）

（吳子淳趕緊脫下壽衣。）

吳通：我肏你娘的，吳木山！你老婆跑了，你不會去
　　　追？天下那麼大，我怎麼就瞎了眼，撿了你這
　　　麼個孬種回來養？我肏你娘花了多少錢，幫你
　　　從台北弄了個漂亮老婆回來，你在老婆身上下
　　　不了種，乾脆連人都看丟了？她人跑了，你咋
　　　不追呢？

吳木山：不用去追。

通：為啥？你不敢，對不對？你到底有啥子個用，你
　　講？

木：她是我老婆，我懂她。

通：肏你個沒卵蛋的傢伙！你懂她啥？你懂她，你
　　咋不讓她下仔？你看看你那德行，你懂她！連鴨
　　子都能讓你養得不下蛋，你還能懂她！哼！要說
　　俺養的公鴨子都比你有本事！呸！

（吳木山突然瞪著養父看，父子兩人僵持著。）

淳：老師，家庭訪問，可以改天做嗎？

邦：那是爺爺和，乾爸？

通：你給我過來！

（吳木山轉頭往反方向走下。）

通：肏你媽！你去哪？（隨手抓了傢私往木山扔，邊走
　　邊吼邊扔。）

淳：老師，我乾媽很漂亮，我喜歡她。不過她很忙，
　　常常不在家。（後台一陣混亂）她不在家的時候，
　　爺爺就會生氣……

邦：你知不知道，為什麼乾媽不在家，爺爺就會生
　　氣？

淳：知道。乾爸和乾媽不會生小孩，所以爺爺要和乾媽一起教鴨子生鴨蛋。

邦：誰跟你說這些的？乾爸？乾媽？還是？

淳：鴨子說的。

邦：鴨子？什麼鴨子？

淳：爺爺的鴨子。不過它們現在是我和乾爸的鴨子了。爺爺右手以前被鴨子吃掉，不方便做事。現在都是我和乾爸在顧鴨子。

邦：鴨子還跟你說了什麼嗎？

淳：爺爺和乾媽常常到後面工寮抽水幫浦那邊教它們生鴨蛋，如果乾媽不在，爺爺一個人沒有辦法教，鴨子就只能蹲在那邊等，爺爺就會很生氣。

邦：子淳，看著老師。你確定是鴨子跟你說的？也許，是其他什麼人說的，你記錯了？

淳：（大人般，安慰邦）放心，只有鴨子知道爺爺和乾媽在教它們生蛋，其他人都不知道。

邦：鴨子怎麼跟你說的呢？你聽得懂鴨子話？

淳：鴨子歪著頭看天空的時候，你就跟著他們，歪著頭看天空，像這樣（邦也隨著他外頭，鴨仔聽雷般），就會聽到他們心裡想的事情。

（師生倆專心地望著天空鴨仔聽雷。吳通上。）

通：肏你娘的！吳木山！現在幾點了？叫你去餵鴨子
　　還不去？你杵在那兒，老婆就會回來？鴨子就會
　　下蛋？

木：（衝上）我沒有娘。你肏操誰，肏誰去。

通：你說什麼？誰沒娘？我肏你這個沒娘的臭雜種！
　　（吳木山拿起水缸裡的勺子丟向吳通）你敢！你這個
　　沒卵蛋，丟看看！丟呀！我肏你娘的！（木山轉
　　頭跑，通追下。）

淳：老師，對不起，我要趕快去幫乾爸，不然鴨子餓
　　了會咬人。

邦：老師可以留下來，跟爺爺或是乾爸聊聊？

淳：（搖頭）老師放心。鴨子很聽我的，他們不會吃
　　掉我的手。

邦：那我改天再來。如果有事，隨時告訴老師，好不
　　好？

（淳微笑點點頭。大聲對著後台喊。）

淳：爸，我來幫你餵鴨子！

三、紅茶店，兄弟交心癡情種

（舞台上，兩邊不對稱地擺了兩張小桌，一高一矮。）

（邦和溫坐在高腳桌邊。）

邦：這記事本你的吧？（邦交給溫一本筆記本。）

溫：怎麼會在你那裡？找了好久找不到。

邦：上次你不是被郭里長打出來？他們以為是我的。
　　工作有沒有耽誤到？

溫：（搖搖頭）裡面記的，都是跟唐麗芳有關的私人
　　事情。但我不介意讓你看。

邦：那天你和唐麗芳去吳通的養鴨場做什麼？難道養
　　鴨場也在拆遷範圍？

溫：在。不過，我帶唐麗芳去，是私人原因。

邦：你們同事很久了？

溫：（點點頭）剛畢業一進市政府就同單位。我叫她
　　學姐，她很細心，很照顧我，常常叫我準時下
　　班，自己加班幫我補齊沒處理好的事。我不知道

怎麼感謝她，就買便當請她。一個雞腿，一個排骨，讓她選。（頓）有一次，她看到我又在買便當，就約我到旁邊的一家紅茶店。

（唐麗芳上，坐在另一邊似紅茶店的小桌旁。）
（溫文仲對面而坐。勝邦在原來位子上，看著他們，隔著唐和文仲對話。）

溫：學姐。要不要喝點什麼？
唐：你也聽說了吧？
溫：學姐節哀。
唐：兩個人高高興興出門，補過蜜月，怎麼會想到一個意外，剩下我一個人回家？
邦：她結婚了？然後她先生又死掉了？
溫：還好妳平安沒事。一個人也沒什麼不好嘛，總是會習慣的。
唐：但我不是一個人回來呀。
溫／邦：啊？什麼意思？
唐：我懷孕了。可是他卻死了。老天在跟我開玩笑嗎？我不懂！
邦：她這樣說是什麼意思？

溫：妳不想要這個孩子嗎？

唐：確定懷孕以後，我覺得好感恩，謝謝老天爺沒有留下我孤單一個人。可是，本來應該是三個人的生活，現在剩下一個半，這跟我原來想的完全不一樣呀。我要怎麼辦？

溫：一個人帶小孩，是比較辛苦，不過

唐：同事會怎樣看我？我一個人是要怎樣養小孩？還是我跟肚子裡的小孩，都不應該繼續活著？還是我應該留著這個小孩？那我要去問誰怎樣當單親媽媽？

溫：那，學姐是想？

唐：我想，乾脆把孩子拿掉。我打聽好了，也決定要去哪一家做人工流產。可是每次要去，就想說先帶它去吃鹽埕區新興街那家肉粽，再去前金區大同二路賣碗粿的，讓它嚐嚐味道，才不會遺憾。結果，流產變成產檢，今天已經是第三次產檢了。（頓）文仲，你可以幫我保密嗎？沒有人知道我懷孕，我也不知道到底要把它生下來，還是把它拿掉？（說完忍不住哭泣。）

溫：學姐，我幫點你一壺紫草茶，好不好？安定一下情緒。

邦：（起身，走向唐／溫兩人）不行！

唐：紫草茶清熱活血。孕婦不能喝，喝了會出血。

邦：你聽懂她的意思了吧？（和溫唐同坐桌旁。）

溫：那天，我終於鼓起勇氣勸她把孩子生下來。

邦：然後呢？

唐：然後呢？生下他，然後呢？我應該怎麼辦？

（溫邦對話，唐時而擦著淚，時而抬頭看著溫。）

溫：誰知道小孩一生下來就死了。可是她好像忘記它
　　已經死了。為了安慰她，我只好編個謊騙她，說
　　我已經幫她把孩子送到孤兒院，還三不五時跟她
　　說

唐：你說他的眼睛很黑很亮？真的嗎？我先生的眼睛
　　也是那樣，好像裡面住了一隻黑貓，對不對？

溫：巧的是，我們一來覆鼎金調查，就發現養鴨場的
　　吳子淳跟我描述的一模一樣，連髮型都一樣，一
　　股一股往後綁。她立刻就相信吳子淳是她的小
　　孩，雖然年齡明明差了一大截。

（沉默。）

溫：每年學姐生日的時候，我都會買一個禮物送她。
　　這個本子裡記下了每年送她的禮物……王大哥，
　　你可不可以幫我……

（溫文仲走回原來的小桌。三人各自掉入思緒裡。）

唐：好黑好亮。每次看著他的眼睛，就覺得自己會被
　　吸進去。

邦：是呀。吳子淳的那雙眼睛好像有魔法，會讓你相
　　信任何事情。

唐：他會不會想我？他知不知道我是誰？

溫：我今年想要送給唐麗芳一條圍裙。

邦：第一次見到他的時候，忍不住叫他「任任」。
　　「任任」是我兒子的乳名。

唐：要是他問我，我要怎樣跟他說？

溫：你說什麼？

邦：（對唐）吳子淳長的很像我兒子。或者說，他常
　　常讓我想起我兒子。

唐：如果他長得很像他爸爸，那我每天看著他，會難
　　過，還是高興呢？

溫：王大哥，你幫我看看，哪個顏色比較好？（從提

袋裡拿出五條圍裙。）

邦：我也不知道。

溫：王大哥？

邦：啊？你幹嘛買五條一模一樣的圍裙？

溫：我不曉得她會喜歡哪個顏色，想說每種顏色各買
　　一條，回來慢慢選。你覺得哪一條比較適合她？

唐：人家說，紅衫穿一半，可是我先生就愛我穿紅
　　衫。如果我天天穿著紅色洋裝，也許我兒子就會
　　覺得爸爸還在？

邦：紅色的吧。每次看到我老婆穿上紅衫牽著兒子，
　　世界就變得特別美好。

溫：你有兒子？在哪裡？

邦：死了。八歲那年死的。車禍。我老婆沒有辦法接
　　受，人都痴呆了。每天躺在床上起不來。等我把
　　她抱下床，她才勉強在床邊坐著，安安靜靜，一
　　句話都不說。整整半年

（邦看著安安靜靜坐著的唐麗芳，以為她是淑華，伸手輕撫
她的臉頰。）

溫：唐麗芳那一陣子也差不多是那樣。我只好騙她

說，她兒子沒死……

唐：（對著邦）你猜我兒子喜歡吃什麼？才不是肉粽，也不是肉圓！（抱著皮包像是抱著孩子）乖兒子，不能挑嘴，把媽媽煎的太陽蛋吃完，快快長大。你和媽媽相依為命，要乖乖的。來，再吃一口，嗯！我一個人帶兒子生活，可以的，母子兩相依為命嘛。走！媽媽帶你去澄清湖坐船！

（唐麗芳起身離去，勝邦癡望著她好似牽著孩子離去的身影。）

溫：後來呢？

邦：沒有什麼後來。後來我們就離婚，後來我就來覆鼎金啦。哪有什麼後來……（頓）你剛剛說，市政府決定要強制拆遷覆鼎金？

溫：有嗎？

邦：你不是還說，教育局調我來，就是要我處理重新安置學生學籍的事？

溫：原來你就是那個人？

四、道德院，神童啞母解更謎

（道德院側殿小院裡，花木扶疏，臨時架著一張書桌，角落裡一只消防水缸。）

（何幼花端坐桌前，毛筆小楷謄抄宮廟交換的文牒。）

（離她不遠的正殿長條椅凳上，坐著梁育廷和江宛容。）

（陣陣講經與搖鈴聲從正殿傳出。）

（王勝邦走進側殿小院，看見埋頭撰寫的何幼花。）

何幼花：借問這位道友有什麼貴事？

邦：這裡是不是有一位何幼花女士？我是她外孫梁育廷的老師，我來

幼：老師好。何幼花，我啦。

邦：育廷阿嬤？您好！我是鼎金國小五年仁班班導王勝邦。

（何幼花搬了張椅子來。）

幼：王老師這裡請坐。

邦：我剛按照育廷聯絡資料上的地址過去，門鎖著，鄰居講，這裡可以找到。不好意思，好像打擾了。

幼：沒有啦，就抄寫一些，牒文，明天這裡有法會。

邦：育廷阿嬤一手毛筆小楷，寫的好工整好漂亮。難怪育廷這麼聰明。

幼：哪有？糊口而已。道德院做好事，有疏文奏文什麼的，或是過年道友要春聯，就叫我老婆仔寫。

邦：育廷聯絡簿上說，家裡只有阿嬤和媽媽？

幼：育廷的阿公已經過身。伊阿公學問好，每天都愛撿好幾車的舊冊報紙，每天撿每天看，一世人撿下來，讀過多少舊書冊報紙？學問免講也會大起來。厝邊隔壁就叫伊通天教主。育廷應該算是有傳到伊阿公。

邦：您現在還有在撿書冊報紙？

幼：單薄仔。氣力不夠啦，一個老婆仔，育廷伊媽媽也無法度兜跤手。再講啦，撿那些舊冊根本不夠育廷看。所以他小學二年級，我就帶育廷和伊媽媽天天來這裡，聽師父講經。

（一陣鈴聲，正殿講經結束，育廷牽著母親江宛容，往側殿小院走來。）

（一眼看見王勝邦，急忙拉著江宛容來到勝邦面前。）

（他往前走的時候，江宛容的注意力停留在何幼花撰寫的牒文上。）

梁育廷：王老師！你怎麼會來這裡？媽（拉過江宛容）
　　　　老師，她是我媽媽。

邦：江宛容？

（聽到有人喊她名字，江宛容茫然轉頭，突然對著王勝邦燦然一笑。）

邦：真的是妳！（對梁育廷）江宛容是你媽媽？

幼：王老師怎樣知道育廷媽媽叫江宛容？

（江宛容趁著他們說話，又走回書桌旁吃起牒文字墨。）

邦：我認識她呀。我們很熟。

梁：老師跟媽媽很熟？

幼：不可能，老師認不對人啦。

邦：沒有花花草草的宛容，音容宛在的宛容，對不對？我們以前（愣想不起來哪裡見過江）我們以前，（對江）妳記得我們以前是在哪裡認識的嗎？

（眾人將目光轉向江宛容。）

（她正以手指上沾裹牒文墨漬，放到嘴裡，津津有味地啃著手上墨漬。）

幼：宛容！一下子沒給你注意，又在那邊，唉。剛剛寫好的牒文被吃一半去，真的是。育廷，帶媽媽去那邊洗乾淨。整個面，吃的烏墨墨……

梁：好。媽媽，我帶你去洗手間。

（江宛容抗拒了一下，還是被育廷拉到水缸邊清洗面容。）

（離開前，笑著對王勝邦眨了一下眼睛。）

邦：她？

幼：我和育廷阿公只有生伊一個。伊一出世就怪怪的。不會哭也不會吵。你假設伊在睡覺，靠近給她看，眼睛這樣給你張著看回來，沒神呀沒神

的，不知道在看甚物？差不多一歲半的時候，伊
就像剛才那樣，手放到嘴裡面軟得欲遛皮，然後
再搵那個報紙的烏油墨，整隻手放到嘴巴裡面，
任軟任食，軟得滋滋叫，不知道有多好吃。閣來
呢，伊爸爸就拚死去外面跟厝邊討報紙舊冊、電
話簿仔，回來一張一張拆開，逐日拚死找拚死討
拚死拆，客廳那個地上全報紙，伊就在上面，任
爬任食。要是不管她，整天吃掉半本電話簿仔。
唉，我想說，伊獨獨吃那些烏油墨印的字，敢講
就會長大？

（女道士上，招呼何幼花。）

女道士：師姐。師父說，明天法事，道友提供祭品太
　　　　多，用不到全部。請您收一些起來，不要浪
　　　　費。

幼：（合十）謝謝師父！育廷等一下會去收。

邦：那育廷的爸爸？

幼：伊爸爸人很好，可惜啦，育廷媽媽猶在月來，伊
　　爸爸出去撿紙，被車撞死。死的時候，不知怎
　　樣，報紙書冊這樣撒開來，不輸蓮花掩面。

邦：育廷外婆辛苦了。

（育廷牽著江宛容上。幫道士整理供桌。）

邦：育廷媽媽回來了。我請她過來一起？

幼：不用不用。她不會說話。從小到現在，不曾開嘴
　　講一個字。今天很奇怪，好像跟老師很有緣，一
　　直給老師看。以前不曾這樣呢。（頓）老師，我
　　是這樣想的。平平一家人，猶是個人不同款。你
　　看，育廷阿公的智慧，偌是有道德院裡這個養荷
　　花的水缸那麼多，伊媽媽差不多有一個湯匙那樣
　　多。育廷呢，伊的智慧應該袂輸金獅湖喔，猶是
　　更寬，更深？我沒啥才調，就想說每天帶伊來道
　　德院聽師父講道理，看看能不能多少栽培一點？

（女道士再上。）

道：幼花道友，師父問，明天法會的牒文，不知道寫
　　好了沒有？還有一篇疏文也需要您幫忙貢獻。

幼：好好好，馬上來。

邦：不好意思，打擾您太久。今天來主要跟您說一

下，如果覆鼎金這裡拆遷淨空，政府和學校都有
安置計畫，不會影響同學上課，您放心！那我先
回學校去。再見！育廷，老師先走了！

（邦轉身欲下，卻被育廷喊住。）

梁：老師，等一下。明天做法會，道友準備了很多，
　　阿嬤說請老師帶一些炒米粉和素鵝回去。
邦：不用了。
梁：很好吃喔。道友們都很會煮。我和阿嬤每天都會
　　帶回家吃。

（王勝邦接過便當，看著梁育廷，忍不住舉手輕撫育廷的
臉。）

邦：謝謝你……任任

（江宛容突然開口叫了一聲。）

江：王勝邦。
邦：（驚訝地看著江，再看育廷和何幼花）你們有沒有聽

到

幼：育廷，媽媽顧好，阿嬤這拾拾就來轉。

（江宛容盯著王勝邦看，育廷拉她下。王勝邦看著他們離
去。）

五、萬應廟，尪仔結義三加一

（覆鼎金公墓的萬應公廟裡，梁育廷和孫宏軍兩人背著書包，趴在地上打尪仔標。）

（梁育廷邊打邊撿舊報紙。）

梁：（看宏軍手裡的圓紙牌）神鷹小飛俠？我們只有兩個人，怎麼打尪仔標？

孫宏軍：一個人出四張，這個當鬼？

梁：我不喜歡老大，飛行器太笨。

軍：那換這個當鬼？

梁：不要在萬應廟裡一直講那個字。

（吳子淳上，牽著一隻栓了細繩的木頭鴨。）

軍：吳子淳！

淳：萬應廟是幹嘛的？

梁：祭拜那些的。你怎麼會來這裡？

淳：來看你們在打尪仔標啊。

梁：（對著宏軍）你到底是蹺家還是開同樂會，約這麼多人？

軍：我才沒有約他。

淳：是鴨子跟我說的啦。你們今天要用哪一張當鬼？

梁／軍：在這裡不要說那個字。

淳：為什麼？

梁：這裡到處都好兄弟，萬一被他們聽到怎麼辦？

淳：你不叫他們，他們也知道我們在。不信你問鴨子。

軍：是不是？你不講，人家也聽得到。（對淳）尪仔標借我看。好像沒跟你打過。

淳：我沒有尪仔標。

梁：沒有你來幹嘛？（從書包拿出一疊圓紙牌）分你。一起玩。

淳：封神榜欸！可不可請它當，當那個？

軍：你也喜歡哪吒？好呀，好呀。（比手畫腳）吾乃威靈顯赫大將軍，統領五營神兵的中壇元帥是也！

淳：不要亂比，我有拜哪吒作師父。

（三人打尪仔標。）

淳：為什麼放學不回家，跑到這裡來打尪仔標？

梁：同學愛講，你可以不要聽呀。

軍：就跟你講，他們不講，我也聽得到。

梁：（看宏軍仔細估算紙牌角度）躲到萬應公廟來就聽
不到喔？

軍：你不懂啦。這裡有我身世的祕密。（準備用力標打
紙牌。）

梁：欸欸，輕一點！你忘了上次你的尪仔標飛出去，
把李志明的頭K破？

淳：（用力標打紙牌）你是說你叔叔替人撿骨牽亡的事
喔？

軍：你聽誰亂講的？

梁：替人撿骨很丟臉嗎？郭韋萱她阿舅還不是一樣在
撿骨？

淳：對呀，有人剔骨，就有人要撿骨。

軍：你在講什麼啦？

淳：哪吒剔骨還父，削肉還母，那些剔下來的骨頭，
誰幫他撿？

軍：你們根本不知道他們在背後講我怎樣。

梁：他們講怎樣？

軍：他們講，我不是我媽生的。

（三人稍停頓，又繼續打尪仔標。）

（梁育廷邊打邊撿拾周邊舊報紙。）

淳：哪吒快出來了！

軍：他們講，我是我爸爸和我叔梅生的。他們還講，
　　我叔梅很漂亮，我叔叔不配她。

梁：為什麼？

軍：不知道。很多事我都搞不懂。像我叔梅一隻腳跛
　　跤，走路一拐一拐，很不方便，那她為什麼每次
　　還要走很遠的路去搭公車，然後再走很遠的路，
　　送糖果餅乾給我吃？而且她每次都要等我吃完才
　　走，然後就邊走邊哭。

梁：說不定她捨不得那些糖果餅乾。

軍：我覺得他們一定有什麼祕密，說不定跟我有關
　　（用力揮打尪仔標。）

梁：啊，你把太上老君打破了！

（梁育廷撿起紙牌順口念出淨心神咒，宏軍子淳兩人跟著

念：「太上台星，應變無停。驅邪綁魅，保命護身。急急
　　如律令！」）

（三人一起煞有介事地比劃科儀一番。）

淳：等一下，那個壓著哪吒的托塔天王呢？剛才明
　　明看到在太上老君下面的。（四下找著紙牌）奇怪
　　……這裡為什麼那麼多報紙？平常有人住喔？

梁：你們兩個，順便幫我把這些報紙撿一撿綁起來。

（三人綑綁著堆好的幾大疊舊報紙。）

軍：要幫你搬回家嗎？

梁：（從廢紙中拿出一張尪仔標，遞給宏軍）把你身世的
　　祕密寫在這上面。

淳：是哪吒欸！他什麼時候出來的？

軍：你在哪裡找到的？

梁：（書包拿出一支筆）快點，寫完就送你。

（孫宏軍照做。寫好後，梁育廷將紙牌藏在廢報紙堆裡。）

梁：好。現在把你剛才寫了你身世祕密的那張哪吒找

出來。

(孫宏軍埋頭在廢紙堆裡，無論如何找不到那張寫了祕密的哪吒尪仔標。)

軍：怎麼不見了？奇怪。我看見你夾在這一堆紙裡面
　　的啊。吳子淳，幫我找。

淳：(不動) 我找不到。

軍：是哪吒欸！你師父不見了，還不

梁：不是所有事情都能被留下，就算是白紙黑字寫下
　　來的也一樣。

淳：(歪頭，看天) 對。鴨子還說，有些事，有些祕
　　密，永遠都不會被知道。

(宏軍育廷跟著吳子淳歪頭望向天空。)

(郭韋萱背著書包上。)

韋：孫宏軍！我就知道！放學不回家，為什麼跑到這
　　裡來打尪仔標？

淳：孫宏軍是隨中壇元帥出巡才來這裡的啦。

梁：你來這裡幹嘛？(對軍) 孫宏軍，你到底跟幾個

人說過？

軍：欸，我沒有！都是他們自己

韋：不是孫宏軍。他除了上個星期把李志明的頭K
　　破、打碎一張課桌、摔斷五把椅子、捏碎三個石
　　頭以外，這個星期還沒有闖禍。

軍：那你來幹嘛？

梁：你數學很好喔。

淳：你愛他？

韋：愛你的死人骨頭啦。你們知不知道今天有人到學
　　校來拍婚紗？

梁：知道呀。很多同學都跑去看。

韋：放學的時候，我把全班作業拿去辦公室給老師，
　　看到那個新娘子在哭。她整件白紗變得髒兮兮破
　　破爛爛的。

軍：她跌倒喔？

韋：她一邊哭一邊說，很多同學跑去摸她的婚紗。

梁：摸一下會死？

韋：幾百個學生都去摸一下，你覺得怎樣？幾百個
　　喔。我們全校才幾個人？為什麼大家都要去摸新
　　娘子的白紗？

淳：也許他們相信摸新娘白紗會好運。

軍：好好笑，新娘子又不是神明，

梁：傻瓜，誰會去摸神明？

韋：（對淳）你怎麼知道？誰跟你說的？

淳：不是所有的祕密都會被知道！

（沉默。）

淳：是我說的。

韋：為什麼？你是怎麼讓他們相信，摸新娘白紗會好
　　運的？

梁：他只要眼睛這樣看著你們，你們就會乖乖按照他
　　心裡的意思去。

軍：郭韋萱，妳今天放學沒來萬應廟找我們，你也什
　　麼都沒聽到！

韋：幹嘛？

軍：不准你把今天的事報告老師！

韋：有什麼好報告的？這是我們之間的祕密欸。

軍：什麼祕密？

梁：你是說吳子淳會催眠？還是孫宏軍是大力士？

韋：真正的祕密是，梁育廷是通天教主，什麼都知
　　道！

（吳子淳開心的彎著身體學鴨子走路叫喊。孫宏軍也跟著一起鴨子般轉圈。）

淳：郭韋萱，我想吃你家的鳳梨。

韋：你又知道我有帶鳳梨來？（**書包取出鳳梨**。）

梁：因為你每次來找我們，最後都會請我們吃鳳梨啊。

淳：冬蜜鳳梨！

韋：（**三人分食鳳梨**）我是來約你們去寫生的。

軍：去哪裡寫生？

淳：覆鼎金公墓。

梁：誰會要去公墓寫生？

（燈暗。）

六、覆鼎金，公墓寫生永銘誌

（公墓群中，五子正在尋找適合的寫生角度。王勝邦背著包包上。）

梁：哇，你們看！風吹曠野紙錢飛，古墓纍纍青草綠，有沒有？

軍：我覺得回教公墓比較好畫，一格一格排得很整齊。

淳：回教又不燒紙錢。

葦：你想選哪裏？

淳：萬應公廟。

軍：噓！我們的祕密基地，小心被別人聽到。

洪嘉枝：我聽到了。什麼燒紙錢，纍纍青

邦：郭葦萱，大家都到齊了嗎？

軍／葦／淳／梁／枝：老師好！

邦：孫宏軍，梁育廷，郭葦萱，吳子淳，還有洪嘉枝也來了，欸，怎麼只有你們幾個？其他人呢？

梁：他們來了又走了。

邦：為什麼？

（四子圍著邦說話，嘉枝站在他們對面，兀自畫了起來。）

軍：（小聲）他們害怕。

邦：怕什麼？

淳：怕那個。

育：怕他呀（笑著指宏軍。）

邦：孫宏軍又調皮搗蛋了？

韋：他們害怕看到孫宏軍單手捏碎野貓的頭、一掌打死正在飛的鴿子。

邦：啊？！什麼時候？

枝：（邊畫邊說）不是啦。老師，是那一次孫宏軍聽到同學又在亂說，他一生氣就去河邊撿來好幾個大石頭，一個個捏碎，然後跟大家說，『哼！連石頭我都得捏碎，貓頭算什麼？』然後同學們就到處說，他們看見孫宏軍單手捏碎野貓的頭。

淳：洪嘉枝草稿快畫好了，孫宏軍，你快輸了啦。

邦：同學為什麼要在背後說孫宏軍的壞話？

淳：我忘記帶紅色，借一下。

軍：（對淳）拿去。誰叫他們那麼愛說吳子淳爸爸的壞話。

梁：那你故意把課桌椅拍破嚇他們，不是讓他們更愛講？怎麼有那麼傻的人？

淳：（苦思如何下筆）超級難畫。郭韋萱你幹嘛約這裡？

軍：你今天怎麼多話？拿來，我幫你。

梁：墓仔埔寫生，明明就故意想要嚇人

韋：才沒有。死人本來就一直都在活人身邊，只是大家都假裝看不見，久了，就以為他們不在了。

邦：是嗎？你聽誰說的？

韋：我阿舅說的。

枝：郭韋萱的阿舅有好多鬼故事。（拿著筆比劃半天）大家再靠近一點！

（其他四人和王勝邦毫不遲疑地更靠近一點。）

邦：其他同學一定也覺得韋萱的鬼故事很精彩吧？可惜老師都沒聽過。

韋：哎呦，我剛剛只是開玩笑說那個日本納骨所裡面活埋了很多台灣女人，因為打敗仗切腹自殺的日

本軍官需要有人服侍，所以黃昏的時候，日本納骨所附近常常會聞到到煮飯炒菜的氣味。

淳：紅燒肉，對不對？嗯，好香！

枝：（害怕地）不要亂講！日本納骨塔那麼遠，味道怎麼會傳過來？

邦：其他同學聽到這裡就嚇跑了？

軍：真的有！老師！我也聞到了！好香！靠，肚子好餓！

韋：那是我阿妗在煮飯啦。她和我阿舅住那邊。

軍：郭韋萱，妳幫忙阿舅撿骨，會不會怕？

梁：你來這裡寫生，怕不怕？

枝：只要跟大家在一起，我就不怕。

邦：所以，你們不是故意要把其他同學嚇走？

韋：誰叫他們那麼膽小？

梁：誰叫他們看不起住在墓仔埔這邊的人？

淳：誰叫他們什麼都相信？

枝：老師，為什麼大家會怕死人？

邦：其實以前的人並不怕死人。最早住在這裡的人，會挖個洞穴把親人的屍骨放在洞裡，這樣死人的靈魂就可以隨時回家，保佑家人。而且人剛死的前幾天，他的家人還會白天聚在一起跳舞唱歌，

晚上躺在死人旁邊，陪伴他們，讓他們慢慢習慣
死了改住在洞裡面。

梁：老師，那時候，死人是不是有的坐著放大水缸
　　裡，有的平放，像這樣？（選一個墓龜仰面平躺。
　　兩手交叉胸前。）

韋：我還看過這樣的。

（郭韋萱躺下去，側臉。宏軍、子淳也跟著躺擠在一起。）

軍：留個位置給我！

枝：還有我（想擠進四人行列。）

淳：這裡有人了，去別處。

軍：快點隨便找一個啦。不然你是要死無葬身之地
　　喔？

邦：（笑著）很接近了喔。想想看是不是還少了什
　　麼？

韋：我知道！頭頂上還要放個陶砂罐子，裝滿水。

枝：為什麼？

梁：（起身，置放學生水壺）頭上有水氣，靈魂就能自
　　由進出身體。靈魂如果不自由，等於真的死翹
　　翹。所以活著的家人要常常幫死人頭頂的陶罐加

水。

枝：我媽媽說，古時候的墓穴一次可以放五個死人，疊在一起（躺在韋萱身上）很像是人死了以後的另外一種親人。

淳：跟搬新家順便換爸媽一樣。我常常搬家換家人。

枝：（對萱）郭韋萱，會不會很重？

韋：已經被壓死，無法回答。

軍：老師，過來跟我們一起躺，好像我們已經死掉。

邦：我想起來了！你們應該要穿白襯衫，打紅領結！

淳：老師，只有拜拜用的鴨子才會在脖子上綁紅布啦。

邦：（缸裡舀水）來，我幫你們加水。

梁：老師是我們的親人。我們死了會回來看老師。

邦：會嗎？你們會嗎？

韋：孫宏軍可能會先回來打一下尪仔標。

軍：喂！誰打尪仔標？

邦：我問大家一個問題，如果有一天，鼎金國小沒有了，你們會想去念哪裡？

（孫宏軍的嬸嬸林秀英手裡大包小包，一跛一跛的走近。）

林秀英：孫宏軍！孫宏軍！宏軍哪！

（宏軍坐起來。其他四人跟著坐起來，又躺下。）

軍：叔梅！妳怎麼會來這裡？

林：你叔叔昨天說，你今天要來這裡什麼校外教學，我來看看，真的猶是假的？來墓仔埔是要學什麼？你叔叔就愛亂講話。

軍：叔梅，是我們約老師來寫生的啦。老師，這是我叔梅。

林：歹勢，老師好。我是宏軍的叔梅，舅媽啦。

邦：宏軍叔梅好。特別跑來看宏軍呀？

林：沒有沒有。我今天在萬應廟那邊撿，那個，不是啦，就剛好順路，順路。你們在上課喔？那裡躺一排？

梁：對呀，老師在教我們覆鼎金歷史。

林：老師對你們真好！上課學生躺著，老師站著。謝謝老師喔。（拉宏軍到一旁，悄聲）欸，我帶了一些糖果餅乾，不知道夠分不夠分，怕見笑。你偷偷拿著（轉身對邦）沒事，我沒事，那邊還有工作……我走先走，你們躺著上課。（看著宏軍，不

想走）聽老師話，多吃點才會緊大。

軍：叔梅，糖果餅乾吃未大漢啦。

林：我回去咯。還有很多事情沒做完。嘿嘿，沒有很
　　多啦，一點點多（沒走。）

軍：叔梅再見！

（林好不容易轉身離開，又頻頻回頭，拉住孫宏軍左看右
看。）

林：頭髮怎麼這樣亂？早上起床沒洗面喔？快回去躺
　　好。欸，記得多吃才會有力氣喔。

（林用力抱著宏軍，轉身一拐拐的離開。）

軍：叔梅說，這個請大家。（把糖果分給大家。）

淳：你叔梅好好，還給你送零食來。

韋：你叔梅穿紅色好漂亮。

軍：我跟大家說一個祕密，你們不可以告訴別人。
　　（頓）我叔梅跟我阿叔，平常在回教公墓那邊做
　　墳，有的時候在萬應公廟後面給人撿骨。

淳：這哪裡是祕密啦？

韋：雖然我們大家早就知道，但是他自己沒說，當然就是祕密。

軍：我再跟你們說另一個祕密。

梁：孫宏軍，你難道不知道，你的祕密根本都不祕密！

軍：這次是真的祕密，我發誓。（頓）你們準備好要聽了沒？（巡視眾人）我叔梅，其實是我阿梅，親生媽媽。

（沉默。）

軍：但跟你們聽到的不一樣，我是叔梅和我阿叔生的，我阿叔是我親生爸爸。

邦：宏軍！

軍：沒關係，老師。我的爸爸媽媽其實是我的伯父伯母。他們兩個沒有小孩，我一出生就送給他們養。所以叔梅，我媽媽，每次看到我就哭。

枝：什麼意思啊？

韋：孫宏軍媽媽的這個糖果吃起來涼涼甜甜的。你們吃吃看。

（五子分糖。）

淳：一個人有兩個爸爸媽媽，那應該是世界上最幸福
　　的事吧。難怪是祕密。

邦：（王勝邦順手拿起嘉枝的畫，端詳著）洪嘉枝，妳畫
　　的是我們大家嗎？

（大家擠過來看畫。）

梁：洪嘉枝妳畫日本納骨所喔？這個是老師，這個一
　　定是孫宏軍，笑起來嘴巴張那麼大

軍：這吳子淳，頭髮綁這樣、眉毛細細在微笑的。

萱：我看，我看。梁育廷帶眼鏡，最好認。

淳：嘉枝把自己畫的好小。

枝：呵呵，我爸都叫我小枝仔。

梁：最高的女生是郭韋萱！

（大家圍著畫，忙著辨識彼此。）

邦：（端詳著畫）謝謝洪嘉枝，用這張畫把最美好的
　　事物留下來。還有郭韋萱，帶大家到這麼特別的

地方來寫生。

枝：（遞畫給邦）「五団仔仙和他們的祕密基地」。老
　　師，送給你！

邦：真的嗎？謝謝！老師會把它當寶貝一樣，永遠收
　　好！

淳：老師，我師父說，沒有什麼事是永遠的啦。

梁：老師，鼎金國小什麼時候要拆掉？

（燈暗。）

七、保安宮，神話拆解無情人

（保安宮會客室，郭科星、張有隆、王勝邦拜訪保安宮董事
長洪啟松。）

（談話中，洪啟松不斷接電話打斷眾人說話。）

洪啟松：（對著手機）局長，保安宮的中壇元帥沒在
　　　　分大小高低啦，無論你是市長還是局長，都
　　　　一樣……我跟你講，看誰代表來參拜，元帥
　　　　都給伊很高興！（掛掉電話；對眾人）。哇，
　　　　為了市政府都市更新計畫，我也是去拜訪郭
　　　　里長好幾次。今天罕得里長大駕光臨。這位
　　　　就是？（對著勝邦。）

科：王老師。

邦：王勝邦。

洪：對啦，鼎金國小的老師嘛。

邦：也是洪嘉枝的導師。

（電話鈴聲打斷。）

洪：喂，王議員喔。你老大呐，最近常常在電視看到
你，很紅喔……當時？……拜三晚？無法度啦，
拜四要做醮……拜託，恁掠做俺信眾是布袋戲尪
仔，由在人戲弄？……嗯，莫講這樣。保安宮絕
對放炮仔開大門迎接。嗯。

科：洪董仔，今天來，是要跟恁參詳市政府都市更新
計畫。

洪：喔。都市更新計畫是按怎呢？

科：洪董仔較無閒，我請王老師予恁講詳細，按呢較
緊。

邦：簡單說，市政府可能會公告十年全數淨空覆鼎金
地區的住戶和墳地。覆鼎金公墓這邊大部分里民
都是從事喪葬業的，像今天代表來的張有隆先生
（示意有隆。）

（張有隆起身伸手欲致意，洪啟松的電話突然響起。）

洪：（接電話）喂，陳董仔……對，沒錯，……俺跟
恁講，日後金獅湖跟彼個澄清湖、蓮池潭、愛河

……什麼有山有水而已？莫講保安橋是學那個盧溝橋，保安宮就是未來高雄的頤和園啦。哈哈哈……你稍待，**（切換來電）**喂，唔唔，陳局長。……是，……好，明仔早巳時，沒問題，我聯絡俺保安宮董事會，叫伊有閒無閒都來統統去捧場。**（掛電話）**老師拄才講哪個學校？

邦：鼎金國小。

洪：對。老師貴姓呀？

科：王老師！洪董恁是按怎？耳孔重呢？

洪：就是足重要才愛確認。王老師適才講到誰？

邦：**（指張）**里長的連襟，張有隆兄。覆鼎金這裡的土水師。

洪：恁好，恁好。陳老師，我們嘉枝在學校有乖末？

科：是王老師！啥覓陳老師……

洪：**（接電話）**喂，……歹勢，哪一個吳祕書？……喔喔，有，剛才局長有說，按怎？……沒要緊，俺拜佛的，沒在分大小仙。好，才來**（再見。）**

科：洪董，俺今仔日是代表全體里民，來結合保安宮這邊的意見，向市政府表達反對這個都市更新計畫。愛予伊知影，先人安葬在覆鼎金幾千幾百年，絕對未使由在搬徙位。無細膩會天反地亂。

有隆：到時高速公路一開，金獅湖水脈被切成兩邊，
　　　保安宮地理剛講未敗去？

科：根本無必要按呢，無採工又攪擾不安。

洪：死人安不安，很快就過去了。活人不安比較麻
　　煩。

科：洪董講這句，對一半。活人確實足麻煩。

洪：但是要注意喔，都市發展必要的拆遷，不定反倒
　　更加會讓活人活跳跳。發展起來對大家都好嘛。
　　再講啦，里長也知影，市政府已經準備愛大型的
　　禮儀公司進入來，時到，兩位就免按呢拖身拖
　　命。禮儀公司處理起來，速度會快誠濟。

隆：禮儀公司欲進來？按呢俺毋著無頭路？

洪：恁可以予伊請呀。看是叫誰去講，攏OK。總是
　　同行，互相照應（鈴聲響，洪接電話）喂，……
　　是；我洪啟松，

隆：姐夫，伊說的是真的？禮儀公司真的會進來

科：是有在講啦，但是我毋相信伊敢這樣做！

隆：恁早就知影，按怎無講？

洪：通過了？感恩感恩。對當時開始？……喔喔，不
　　就至晏後個月？好呀！（掛電話。）

科：莫著急！我不是韋萱讓恁分？按呢伊就是恁的合

法繼承人，恁的住所就未去予強制徵收

洪：講到強制徵收，我勸大家，心裡要準備一下，強
　　制執行不是不可能的。

邦：洪董是聽到什麼消息嗎？

洪：現在是講十年內覆鼎金要拆遷完畢哦。若是愛強
　　制拆遷？若是先拆遷覆鼎金公墓彼爿？恁這陰
　　陽師、牽亡撿骨、吃死人骨頭飯的鄉親，明仔日
　　就無頭路，恁欲按怎？恁里長敢有共大家參詳
　　過？

科：洪董，恁啥覓意思？我一直掠做恁站在俺這爿。
　　幹，恁這個

洪：恁一爿是哪一爿？恁講！恁當作俺是哪一爿，講
　　來聽看覓！

邦：兩位好好講，有話好好講。佛道本一家嘛。

洪：莫跟我講甚覓佛道本一家。這幾個月我四角走
　　傱，恁敢知影發現啥覓？可以講，大部分的信眾
　　毋但贊成都市發展，而且足向望咱金獅湖變成高
　　雄新的觀光景點。市政府都發局參建設局提案人
　　員來保安宮好幾遍，雙湖森林公園的藍圖拿出
　　來，誰看著未暢？偌是蓋好，房地產絕對大發利
　　市！

科：恁一個保安宮董事長，就是按呢插代誌？不管恁
　　的神明，只管炒地皮？恁耳孔真誠遐爾輕，市政
　　府講啥就信啥？

洪：(看著手機螢幕)我無信市政府，敢愛信恁？(鈴
　　響，接電)喂，林主祕，

隆：(倏然站起來)不要再跟這種人囉唆！到底誰是里
　　長？我們自己去市政府抗議！哪有這樣強制徵收
　　土地？

科：也好啦。日頭熾烈烈，載一車鳳梨去，市政府頭
　　前倒歸車鳳梨，予伊臭酸過一年！

隆：我去找那個養鴨仔的，整個脫拉庫鴨卵載來，倒
　　給伊臭烘烘，送伊講話偌放臭屁！

科：按呢毋才有渣埔人的氣魄！這擺一定要予彼寡聯
　　合國仔知影，咱覆鼎金⋯

(科、隆搭肩下。)

八、天落雨，水墨淡淡煙雨濛

(延續前場景。洪啟松似乎談定了什麼事情，有點得意洋洋。)

洪：林主祕，恁跟局長講，只要恁請示中壇元帥，覆
　　鼎金信眾絕對予你支持啦。(掛電話) 郭里長，
　　里長伯呀，咱做人毋通憨到袂扒癢。咦，人呢？

邦：他們先回去了。

洪：回去？毋是欲來講事情？猶未講了人就緊來旋？

(梁育廷哭著上，郭韋萱、洪嘉枝陪在旁邊。)

韋：老師，老師，道德院那邊有人失蹤了！

枝：阿爸阿爸！梁育廷媽媽！大家都好緊張，孫宏軍
　　和吳子淳還在四處幫忙找

洪：誰在找誰？恁走遐緊是走按怎？

邦：慢慢說，發生什麼事？梁育廷媽媽怎麼了？

梁：老師，我媽媽失蹤了。

邦：她今天沒有跟你去聽經嗎？

梁：有，跟平常一樣，我牽著媽媽的手坐在正殿後排，然後，師父講《太上老君場清淨經》講到「雖名得道，實無所得。為化眾生，名為得道」的時候，我的手上只剩下媽媽圍在脖子上的毛巾。媽媽不見了。

（洪啟松轉身撥電話。）
（孫宏軍上。）

韋：孫宏軍，找到了嗎？

軍：沒有，後面的獅頭山找過了，都沒有。

韋：吳子淳呢？

軍：他先回去餵鴨子，等下再來幫忙。

梁：老師，可不可以請嘉枝爸爸幫忙？師父說，佛道本一家，

洪：（剛掛完電話）誰又在講佛道本一家？（對邦）請恁回去跟里長伯仔講，俺保安宮門口這已經核定通過可以做停車場，即時開始，誰來這停車就愛所費。莫喊俺無講。

邦：洪董，我想請您幫個忙，（指育廷）嘉枝同學

洪：丁老師，偌是換作恁要來，隨時歡迎，只要跟俺
　　小枝仔說一聲。偌是別人

（電話鈴又響起，洪拍拍勝邦的肩膀，轉身接電話下。）
（眾人沉默。嘉枝瞪著大眼，看著她父親轉身離去。不敢轉
身面對眾人。）

韋：誰是丁老師？

枝：（睜大眼睛看著父親，哽咽地）阿爸……

梁：洪嘉枝，不要哭啦。妳爸爸只是太忙……

韋：老師，我們可以去找嘉枝媽媽！

邦：嘉枝媽媽？

韋：大家都說嘉枝媽媽懂很多，也許她可以告訴我們
　　去哪裡找育廷媽媽。

梁：可是我們都沒看過嘉枝媽媽！好像很少人見過她

軍：洪嘉枝可以帶我們去呀。對不對，嘉枝？

（嘉枝看著大家，猛烈地點頭。）
（上舞台，洪徐玉鳳兀自拉出巨幅繡畫上。）

洪徐玉鳳：你們剛去找嘉枝爸爸啦？

枝：媽媽，媽媽，老師要請爸爸幫忙，可是爸爸都沒
有在聽我們講話，一直在講電話，他還叫王老師
丁老師。媽媽，保安宮為什麼要變停車場？

（師生圍著玉鳳，看她展開繡畫。）

鳳：（對邦）保安宮在覆鼎金建廟兩百年。換了好幾
個地點，都在這一帶。這裡藏了很多寶藏，廟蓋
在這裡才能守住它們。

（四子和勝邦圍看繡畫，讚嘆連連。）

軍：覆鼎金地下有金銀財寶？

韋：嘉枝媽媽，這些都是妳是繡的喔？

軍：（指著繡畫一角）這些還有這些，就是覆鼎金的寶
藏嗎？

邦：眼睛看就好，手不要摸。

梁：嘉枝媽媽，保安宮的傳說是不是都跟寶藏有關？

鳳：嗯，有的寶藏是鄭成功埋的，有的是更早以前坐
船來這裡找長生不老祕方的道士埋的。

韋：我喜歡這些雲。好多顏色！

枝：別人的雲只有紅色和金色。我媽媽的雲是七彩祥雲，一圈一圈，要換七個顏色才繡得出來。

邦：真的好厲害！整幅都有這樣的七彩祥雲。

鳳：嘉枝爸爸常常坐在那裡抽菸，一根接一根，吐出來的菸，說出來的話，一圈又一圈，把他繞在裡面，一下子整個人就不見，好像變魔術。

韋：邊邊角角好多五個娃娃的圖案，是什麼？我從來沒看過。

枝：我也沒看過。媽媽，你是什麼時候繡的？

鳳：嘉枝一出生，媽媽就開始繡，想說繡到妳長大出嫁的那天，剛好給妳當嫁妝。

邦：嘉枝媽媽繡的是覆鼎金的地圖吧？

梁：這裡是保安宮，旁邊就是道德院。上面有好多細細的路，嘉枝媽媽，你的意思是，我媽媽可能在其中一條路上？

鳳：它們不是一般的路，是覆鼎金的地下水紋。

邦：曹公圳？

鳳：土地神擔心覆鼎金地下的寶藏遲早要被挖光光，就跟玉皇大帝要了五個神來保護覆鼎金。

韋：就是這五個胖娃娃嗎？

梁：媽媽為什麼要走這些路？她想去哪裡？

鳳：嘉枝小時候，我教她唱過一首歌，不知道你們聽
　　過沒有？

鳳／枝：（唱）「趴鼎金，選五子，」（韋萱加入玉鳳
　　　　母女繼續唱）「五子領奇能，本領同天萬事
　　　　成。」

鳳：妳知道這首歌？

韋：（聳聳肩）好像聽了就會。

鳳：歌詞裡面的五子領奇能，說得就是土地公要來保
　　護覆鼎金的五個神明。曹謹就是第五個。

軍：（對鳳）育廷媽媽也是玉皇大帝派來保護覆鼎金
　　的嗎？那現在是不是有人要挖覆鼎金？

梁：我媽媽連話都不會說，怎麼可能是玉皇大帝派來
　　的神明？

鳳：一直都有人想要挖覆鼎金，萬一五個神明都沒辦
　　法，土地神就會讓這裡下大雨，連續好幾個月，
　　一直到覆鼎金整個被淹掉，就不會有人再想要挖
　　覆鼎金的寶貝。所以，以前的人只要看到摒大
　　雨，就會說，澆鼎了，大難來了。

（吳子淳拿著一把傘跑進來。臉上的淚水雨水混不清。）

軍：吳子淳，你怎麼現在才來？快

枝：吳子淳，你為什麼哭得全身都是眼淚？

梁：你為什麼拿著傘？

淳：下大雨了！我乾媽離家出走了！

軍：她不是常常這樣？過幾天又回來了啦。

淳：這次不一樣。

邦：慢慢說，這次怎麼不一樣？

淳：乾媽把爺爺也帶走。他們不會回來了。

軍：我不是跟你講過，不要聽別人隨便亂說！

淳：是真的，我回去剛好看到他們搬了好幾個箱子上
　　車，然後就開車走了……

邦：你乾爸呢？

淳：爺爺他們一走，天就開始下大雨，我跑到鴨寮
　　看，裡面一隻鴨子也沒有，只有乾爸一個人，對
　　著空氣餵飼料，好像不知道鴨子已經全部跑光
　　光。

枝：你爺爺他們會不會跟梁育廷媽媽一起去一樣的地
　　方？

梁：你剛說外面下大雨？

淳：嗯，很大，下了好幾個小時，金獅湖的水，都快
　　要滿出來了。

梁：（看著玉鳳）嘉枝媽媽，是不是又要澆鼎了？

韋：要出大事了嗎？

鳳：土地公的事情，我不知道。

梁：糟糕，我媽媽沒有帶雨傘！（急下。）

（吳子淳看看眾人，轉身要跟著梁育廷下。）

韋：吳子淳，你要去哪裡？

淳：去把鴨子找回來。

邦：你不先去找乾媽和爺爺嗎？

淳：我是小孩，乾媽和爺爺不會聽我的話，但是鴨子
　　會聽。

軍：鴨子會帶你去找乾媽和爺爺嗎？（淳點頭）好，
　　我陪你去找！

（子淳、宏軍兩人搭肩下。）

韋：老師，我回去跟爸爸說，請他找人幫忙一起找？

鳳：請里長多找些人。外面雨很大，會下好多天。

（韋萱下。嘉枝抱著母親，仰頭悄聲問。）

枝：媽媽，爸爸真的不能幫忙嗎？

邦：嘉枝媽媽

鳳：快去吧。你要找的人，說不定也正在找你呢。

邦：嘉枝媽媽可能不知道，育廷媽媽

鳳：（撐起一把傘，遞給勝邦）天雨路滑，路上小心。

邦：是誰在找我？淑華嗎？是不是淑華在找我？

（勝邦怔怔看著洪徐玉鳳和嘉枝。燈暗。）

九、哭得全身都是眼淚

（王勝邦撐著傘，走在舞台上，全身濕透。）

（在一個看似學校教師休息室的書桌前，王勝邦努力用毛巾擦乾全身的雨水。）

（隔著鄰桌的窗子，洪嘉枝悄悄看著王勝邦。）

（扮演洪徐玉鳳的女演員操作著嘉枝戲偶。）

枝：老師。老師，你哭了。哭得全身都是眼淚。

邦：沒有。以前在台北，習慣在包包放把傘。來高雄以後，忘記這個習慣，沒想到這幾天，每天下雨，每天淋雨。

枝：老師以前住台北？

邦：對呀。我以前，在台北教書，住在台北。

枝：老師有結婚嗎？韋萱說有。我不信。

邦：為什麼不信？老師還有小孩呢。

枝：老師有幾個小孩？他們也在上小學嗎？

邦：一個。跟嘉枝差不多高。

枝：師母呢？

邦：師母？（頓）她也是小學老師，黃老師。頭髮卷卷的，很活潑，很可愛，很會做菜，她最喜歡⋯⋯等一下，今天是星期六，你來學校做什麼？

枝：今天大家都要去市政府抗議。孫宏軍說要幫他阿叔，不對，是他阿爸，抬棺材去抗議。老師想不想看他們抬棺材？

邦：我想再出去找找梁育廷的媽媽。早上剛巡了一遍獅頭山，可是不知道怎麼搞得，走著走著好像忘記自己在找誰？吳子淳的媽媽？梁育廷的媽媽？還是⋯⋯（看嘉枝哭了起來）洪嘉枝，好好的，妳怎麼哭了呢？

枝：老師，對不起。

邦：對不起什麼？

枝：爸爸不肯幫忙，我覺得很難過。

邦：不要難過，一定會找到的。洪嘉枝總是能讓大家想起美好的事物。這次一定也會有好結果的。

枝：我也有讓老師想起美好的事物嗎？

邦：有啊。看到你，我就會想起，我曾經有一位很好很好的妻子，和一個跟嘉枝一樣可愛的兒子。我們家有個陽台，她很喜歡在那裡種番茄，跟我說

番茄的故事（他看著演嘉枝，和扮演她的女演員。）

枝：老師很喜歡吃番茄嗎？

邦：你說什麼，我聽不到。外面雨下得好大，妳先進來，小心不要淋到雨。

（操作嘉枝的演員放下偶，離開窗邊，離開山景區，來到水影區。）

（她改以淑華的口吻，繼續和勝邦對話，訴說最近。）

華：我搬新家了。新家也有個大陽台，種了不一樣的蕃茄，也很甜，他們說是義大利品種。

邦：我記得結婚前，你就一直想去義大利，

華：我跟你說個怪事。（四子撐傘從上舞台緩進，低聲吟唱「五子歌」）最近睡覺前洗澡，浴室窗口都會飄來一個女的歌聲，有點像民謠，調子很怪，好像以前我們去鄉下玩聽過的牽亡歌，像這樣（哼著「五子歌」的調子）聽不清楚歌詞，不然就學起來唱給聖任聽。

邦：你是說任任？

華：什麼任任？他都幾歲了，還叫他任任？當心被他聽到，要生氣的。

邦：任任，我是說聖任，他在？

華：在呀。剛剛還在我旁邊，跑到哪去了？（轉身喊）聖任，聖任，過來跟爸爸講電話

邦：（急急忙忙撐起傘）妳等我，等我幫學生找到他們的媽媽，我就回家看你和任任。你們等我！

（邦撐傘走著，兩人隔空，繼續問，繼續說。）

華：記不記得聖任小時候，我們帶他去平溪放天燈，人太多，你牽到別人小孩的手，才發現兒子失蹤，我們兩個人嚇得說不出話來，有沒有？

邦：我們去過平溪？那時候住在哪裡？

華：台北呀，我們一直住在台北，從來沒有離開過。

（燈光漸暗。）

（中場休息。）

第二部：水裡撈月

一、江宛容

（水影場景，王勝邦撐著傘獨行其中。）

（他看見遠遠滑著滑板車、撐著雨傘的江宛容。）

邦：江宛容！江宛容！喂，江⋯⋯宛⋯⋯容！

江：你叫我？

邦：江宛容！長江的江，沒有花花草草、音容宛在的宛容。是妳吧？

江：是，沒有花花草草，但音容宛在就不必了吧？聽著怪可怕。

邦：妳怎麼會在這裡？大家都在找你！妳媽，還有妳兒子。

江：誰？我媽？還有我兒子？

邦：對呀。你什麼時候來北部的？欸，妳帶著傘？

江：雨下那麼大，當然帶傘。

邦：可是妳兒子說你沒帶傘！這個梁育廷，竟然會騙我。

江：你到底在說什麼？我哪來的兒子……你！又開我玩笑？！我媽在南部啦，我媽。

邦：對呀！就在覆鼎金那一帶

江：去你的，你才住覆鼎金！怎麼樣，最近手工餅乾生意好不好？前幾天看到你老婆出去寄貨

邦：我前妻。我們離婚了。

江：喔，前妻。（頓）剛回來？你前妻說你去南投幾天

邦：剛從南部回來。好久沒回台北，沒想到一回來就下大雨。

江：聽說要下一整個星期。歡迎回來。我先走。學校還有事。

邦：學校？

江：我是江主任，教務主任，嗯？！（踏上滑板車，離去前對觀眾）上星期，他說他以前在高雄教書怎樣怎樣，今天，他說他剛從南部回來。所以，今天是上個星期？上個星期是今天？他老婆說他去南投幾天，他卻說他好久沒回台北。所以，他老婆騙我？他騙老婆？我一點都不喜歡探人隱私，但他們也許真有什麼不可告人的祕密，誰知道？（滑著滑板車下，又轉回來）他剛才說什麼？我兒子在找我？哼！他兒子沒了，

卻來栽贓我有兒子？真是，觀世音菩薩，太上混元老君保佑！

二、大雨大雨一直下

（王勝邦前妻黃淑華的家。）

（王勝邦站在門口，和淑華與聖任對面而立。）

（三人就這麼站了一會兒，看著彼此。）

華：外面下雨了？

邦：（點頭）下得好大。

王聖任：爸爸！你找到我們了！

邦：對不起，我沒有先聯絡……

華：進來呀。我們正在吃早餐。王聖任，幫爸爸準備
　　一份餐具。

任：好！爸爸，你坐這邊。

（聖任滿臉期待地從淑華手中接下一盤盤早餐，一下看著桌
上的食物，一下看著勝邦。）

邦：這些都是你的早餐？好豐盛！

任：全都是媽媽自己做的。

邦：好厲害！餅乾，麵包，太陽蛋！／你最喜歡的！

任：你最喜歡的！

華：果汁給聖任。紅茶給媽媽和，爸爸。

邦：任任喝什麼果汁？

任：王聖任！我已經二年級了！不要再叫我任任，會
　　被同學笑！

邦：你才二年級？我以為你已經四年級？五年級？

華：外面下大雨，爸爸腦袋淹大水，連兒子讀幾年級
　　都搞不清楚。

邦：我一直記得任任二年級的時候／

華：聖任，給爸爸喝一口你的果汁，嚐嚐看？

任：只能喝一口喔。

邦：鳳梨汁？我以為任任不吃鳳梨。

華：才怪，他可是鳳梨專家。

任：冬蜜鳳梨才會這麼甜。

邦：你知道冬蜜鳳梨？那你知不知道高雄哪裡的冬蜜
　　鳳梨最好吃？

華：何止產地！每次要買鳳梨，他還會根據季節指定
　　品種。（頓）你們兩個人快吃，吃飽收一收，我
　　要開始做餅乾了。

任：我幫媽媽。

邦：我來。今天我來，任任放假……（對華）可以嗎？

華：去吧。

任：太棒了！那爸爸洗碗的點數可以給我嗎？

華：貪心鬼！

任：耶！

（聖任走到下舞台，對著觀眾翻書本。）

（勝邦和淑華兩人在狹小空間裡，洗碗、收拾桌子，準備烘焙材料。）

邦：謝謝妳。

華：謝什麼？

邦：本來想上來看一下就走，但外面的雨實在下得太大……謝謝妳準備這麼豐盛的早餐。

華：你不在，我和聖任也是要吃的。

邦：像這樣全家一起吃早餐，是我們，是我，最期待的生活方式。可惜以前太忙……沒想到離婚了反而享受到……這一頓，我會記很久。

（兩人沉默。淑華起身收拾餐桌。）

邦：才剛吃完早餐，不休息一下？

華：訂單擺在那，明天一早要出貨，哪有時間休息？

（勝邦收拾早餐，淑華準備烘焙。廚房小，兩人時時欠身也避不開彼此。）

邦：對不起，讓你辛苦了。

華：這個周末剛好一個老客戶公司辦活動，多訂了二十盒動物造型的手工餅乾，要趕一下。做久了，順手，很快就好。（頓）我跟任任，我們過的很好。你呢？

邦：我，一直在南部教書，剛好遇到下鄉教育計畫，派到一個偏鄉小學。南部學生對老師很熱情，今天鳳梨，明天炒米粉的。要是遇到作醮拜拜什麼，那簡直，三天都不用帶便當。（沉默）好快，三年了……對不起。如果三年前我沒有／

華：你怎麼知道我們住在這裡？

邦：妳那麼念舊，我附近轉一圈，這裡環境跟我們以前住的地方最像……其實我心裡一點把握也沒

有。剛才按門鈴，只是試試運氣，沒想到老天幫
忙⋯⋯

（沉默。）

華：氣象說，這場雨會連著下好幾個星期⋯⋯（看著
　　勝邦）如果沒有地方去，你可以留下來過夜。
邦：謝謝。你還是跟以前一樣的體貼。

（勝邦輕撫淑華的臉龐。）

華：雨停了之後，不管你決定要走或是要留，我也都
　　尊重你。

（兩人對望，擁抱。）
（聖任玩電玩，頭也不回的對勝邦說。）

任：爸爸，雨停了以後，我們去九份玩好不好？
邦：為什麼要去九份？
任：小時候，你和媽媽帶我去過，我很喜歡那裡。
華：你喜歡才怪。（對邦）最後一次去九份，我們住

你同學家，美術系的那個誰，三天兩夜，有沒有？（不等他回答，興致高昂地）第二天晚上大人在榕樹下聊天，要睡覺了才發現小孩全都不見。到處去找。九份的公墓和住宅只有一街之隔，年紀大的孩子把年紀小的帶去公墓玩，要嚇他們，結果

（勝邦看著開心回憶的淑華，忍不住吻她。）

任：結果呢？

華：聖任，你還記得嗎？你不知道怎麼找到一個空的墓穴，鑽進去躺在裡面，等我們找到你的時候，你一直哭著問，為什麼這麼久才去找你？忘記啦？還敢去？

任：我才不怕。我覺得九份的死人和活人住隔壁，超好玩。

邦：我好像想起來了，墓穴裡有個棺材，聖任躺在棺材裡面，穿著白襯衫，紅領結，雙手交叉在胸前，對不對？

華：出去玩幹嘛穿白襯衫結紅領結？又不是合唱團。

邦：聖任不是合唱團的嗎？

任：我不喜歡合唱團老師。

邦：那我怎麼有這個印象？

華：你記錯了啦。

任：爸爸媽媽。你們要不要過來跟我玩這個？

華：好呀。爸爸和聖任一國，我打你們兩個。

（淑華加入聖任遊戲，勝邦蹲看著淑華母子投入地玩著奇怪的遊戲。）

邦：（自言自語）你們這個世界的遊戲，我看不懂。

（聖任轉頭問邦。）

任：爸爸，我今天可以跟你們一起睡嗎？像以前那樣？

邦：（悄聲回）這你要問媽媽。

任：如果今天不行，明天可以嗎？後天呢？

（勝邦輕輕揉著兒子的頭和脖子，端詳著他和淑華的側影，難以置信眼前的一切。）

三、接二連三

（王勝邦一手拿傘，一手提蛋糕上。聖任正翻著故事書。）
（一直在舞台上的大水缸旁，繞著一列電動火車，慢慢走著，「我的家庭真可愛」歌聲緩緩唱著。）
（燈亮。火車停止。）

邦：聖任，聖任！快來看！

（父子倆趴在窗前往外看。）
（王勝邦朝著水缸的方向，說給兒子聖任聽。）

邦：看到沒？下了那麼久的雨，樓下馬路邊多了一個
　　大湖。說不定過兩天我們可以去湖邊去釣魚。

任：爸你看，那個紅色車子，繞著湖轉。

邦：我剛才就發現它好像被湖水吸過去，繞著湖轉，
　　轉到現在幾圈啦？

任：它迷路了嗎？還是跟我們一樣被困在這裡？

（聖任走到沙發邊，繞著沙發轉，火車繞湖般。）

任：還在轉嗎？

邦：沒有停喔。一直在轉。

任：現在呢？我頭好昏喔。

（大腹便便的黃淑華上，拉著個箱子，背著包，另一手拿了一捲圖畫紙。）

華：聖任，你在幹什麼？

任：我是紅色火車，在繞湖。

華：你們兩個搞什麼鬼？

邦：我剛出去寄餅乾，突然發現路邊居然有個大湖，妳來看。（兀自望著窗外。）

華：愛說笑，下雨下出個水窪，被你說成湖？不過，你出門當心，那個水窪比大水缸還深，聽說有人走著走著就掉到水缸裡淹死了。

邦：水缸？（回頭）欻欻，你幹嘛？挺著大肚子重心不穩，還拿那麼多東西？

華：想說先把要去醫院的衣物準備起來，免得到時候手忙腳亂，忘東忘西的。欻，我剛才在房間看到

這個，是你的嗎？還要不要？要就收好。

邦：(接過淑華手中東西後，打開畫卷) 這什麼？

華：你箱子裡包包拿出來的。應該是你的吧？

邦：小孩畫的嘛。一二三四，五個小孩，一個大人。
聖任，你美術課作業，拿去。

任：在哪？我看不到。(搖搖晃晃地走過來，卻瞄不準
方向。)

邦：聖任喝醉了。加油加油！快到了……

任：這在畫什麼呀？公園嗎？

華：公園裡怎麼會有墓碑？一看就知道是公墓。

任：不是我畫的。(還給勝邦。)

邦：誰會去公墓寫生？神經病。說不定是以前房東
的？

華：房東的東西怎麼會在你的包包裡？

邦：(拿起包包) 沒看過這個包包，不是我的。王聖
任，過來吃蛋糕。(對華) 我跟你說，蛋糕店老
闆要讓我們在店裡寄賣餅乾！

任：什麼口味的蛋糕？我看 (拆著蛋糕盒。)

華：天雨路滑，還跑出去買蛋糕幹嘛？想賄賂蛋糕店
老闆啊？

邦：(紙袋取出一蛋糕)，這樣我們的手工餅乾可以多

一個通路啊。而且，你快要生了，等你生完，就
得坐月子，吃東西忌口，乾脆先買個蛋糕，紀念
一下我們一家三口的美好時光。

華：我們恐怕吃不了這個蛋糕。

任：為什麼？這是我最喜歡的／

華：我得去醫院。王勝邦，我是說現在，馬上！

（王勝邦立刻牽著黃淑華的手，拖著淑華剛整理好的箱
子。）

邦：聖任，牽著媽媽的手，我們去醫院。媽媽要生弟
　　弟了。

任：妹妹。

邦：你說什麼？

任：媽媽要生的是妹妹。

（燈光轉換。舞台上，醫院護士推輪椅上，扶著淑華坐下，
推入內。）

任：爸！蛋糕忘記放冰箱！（頓）沒關係，等一下就
　　可以回家吃。

邦：恐怕要等好幾下。媽媽生你的時候，痛了好久。
　　兩天又九個小時。這次啊

（醫護懷抱女嬰上。）

醫護：黃淑華家屬？
邦：我就是。
護：你是黃淑華什麼人？
邦：前夫。（頓）我是黃淑華前夫。她是我前妻。
護：喔。好吧。還是恭喜你們。黃淑華女士生了，女
　　的。
邦：這麼快！她生第一胎的時候
護：一般第二胎都比較快。到了第三胎、第四胎，那
　　就跟放個屁一樣，嗶哩咘嚕，就出來了。不信你
　　們可以試試看，如果你們願意的話，呃，前夫？
邦：（接過襁褓）謝謝你的祝福。（醫護下。）

（勝邦端詳著新生的女兒，把襁褓湊到聖任眼前。醫護推著
淑華再上。）

邦：聖任來看妹妹。你看你看，她對我們笑欸！

任：真的耶！

華：哪有新生兒會笑？抱來我看！（接過襁褓）真的在笑！（逗弄嬰兒）對哥哥再笑一個，來……勝邦勝邦，你看！勝邦？你沒事吧？幹嘛愣在那傻笑？

邦：以前教書的時候，有個學生，跟聖任差不多大的小女孩，她能讓所有遇到她的人，想起最美好的事物。果然，最美好的事物出現了。

任：爸，你根本就沒有教過書啊！

邦：沒有嗎？

華：什麼會讓人想起美好事物的女孩？又不是童話故事

邦：是真的。我不是在說……

任：我不喜歡童話。童話都好可怕。

華：嗯。白雪公主，挖心肝，毒藥毒死人，有沒有？

任：還有美人魚，用毒藥讓人變啞巴。

華：灰姑娘，姐姐霸凌妹妹。所以，要是有你說的那個小女孩，大概也活不久。

邦：你怎麼知道她死了？

華：誰死了？

邦：洪嘉枝呀。有一次我打電話去問，聽他們說，因

為嘉枝爸爸不肯幫她找失蹤的同學媽媽，她傷心到頭髮掉光光，最後傷心到死掉。

任：爸，美好的事物都不會長久。所以他們才會那麼美好。

華：小學二年級的學生都比你懂得多。

（醫護上。）

護：寶寶要洗澡了。我先抱回去。

華：謝謝。還沒取名字呢。（對邦）喂，女兒的名字，你想了幾個月想好沒？

（醫護抱著襁褓，對勝邦示意。）
（王勝邦努力理解，嘴裡吐出一個名字。）

邦：什麼？韋？萱？

華：你說什麼？

任：薇玄，王薇玄。新妹妹叫王薇玄。

（燈暗。）

四、妹妹背著洋娃娃

（黃淑華家中，四個孩子和他們的母親。）

（黃淑華綁著條圍裙，正在做餅乾。）

（老四王鴻俊，一歲，躺在地上的一個紙箱子裡。）

（老三王裕汀，兩歲，翻看字卡書，說出物件的名稱。）

（老二薇玄，三歲，唱著兒歌「妹妹背著洋娃娃」給啜泣的
哥哥王聖任聽。）

王薇玄：「妹妹背著洋娃娃，走到花園來看花」

王裕汀：寶寶，餅乾，杯子

薇：「娃娃哭了叫媽媽，樹上的小鳥笑哈哈。」

任：（走到淑華身邊）媽，對不起，我以後吃飯不挑嘴
　　了。

華：自己知道錯了？又是妹妹安慰你的？你是大哥
　　哥，要幫忙媽媽照顧弟弟妹妹們，知道嗎？去摸
　　摸鴻俊的屁股，看尿片濕了沒。

汀：屁股，瓢蟲，

任：（走到紙箱子旁，看著箱子裡的鴻俊）媽，為什麼鴻
　　俊要睡在紙箱子裡？

華：因為他把嬰兒床睡壞了。

任：他睡這裡，很像小狗小貓。

汀：貓咪，摸屁股

華：那也沒辦法，他手一揮，小床的欄杆斷五根，爸
　　爸怕他戳到自己，只好讓他睡紙箱。

任：他真的很麻煩。每天都要捏破好幾個奶瓶。

華：尿片濕了沒？有沒有幫媽媽摸摸看？

（聖任不語，卻把薇玄和裕汀放到鴻俊的紙箱子裡。）

（鴻俊看著被塞進來的姊姊哥哥，突然發出一個聲音，便一
腳把薇玄踢出箱子外，又一掌把裕汀也推出去。）

（薇玄和裕汀滾了幾圈，起身，一臉莫名；聖任大笑。）

（淑華突然感覺陣痛，走來走去找東西。）

華：奇怪，家裡電話呢？聖任，你有沒有看到電話？
　　幫媽媽找一下。

任：鴻俊，屁股給我。

（聖任繼續作弄紙箱裡的王鴻俊，好像裡面躺著的不是他的

（小弟弟，而是什麼變戲法的；）

（他陸續把書、枕頭、凳子……放到紙箱裡，都被鴻俊輕易扔出或拆掉。）

（兩人這麼一來一往，好似角力一般。）

（兩歲的裕汀，看到媽媽在找東西，又看到小弟弟被惡整，發聲警示。）

汀：寶寶，杯子，杯子

薇：媽媽，裕汀要喝水。

華：聖任，倒水給裕汀喝。

任：又是我。為什麼不叫薇玄去？水就在她旁邊。

華：薇玄才幾歲，她會倒？快去。裕汀乖，哎呦……

（淑華陣痛開始密集，坐到沙發上，不斷深呼吸。）

華：呼呼呼……王聖任！快倒水給裕汀！哎……

（聖任停止對鴻俊的戲弄。鴻俊從紙箱裡站了起來，又爬出紙箱。）

薇：寶寶爬出來了。媽媽，寶寶走路。（頓）鴻俊！

不要跑！

華：不要亂講。（專心深呼吸）鴻俊才一歲，怎麼可能
　　會……呼呼呼

薇：哇！三太子飛高高！我也要！我也要！

（聖任給裕汀一杯水。）

（裕汀不要，搖搖擺擺連爬帶走近淑華，大聲哭著。）

（淑華陣痛間歇一下，又開始大口吸吐氣。）

汀：杯子，杯子

任：哭什麼啦。都給你了還哭！

汀：（拉著淑華，指著嬰兒紙箱）杯子，摸屁股，

（薇玄看著裕汀和媽媽，走到嬰兒箱子旁，趴著看紙箱
內。）

薇玄：媽媽，電話。（拿出一個杯子，裡面一支無線電
　　　話）。裕汀找到的。

（王勝邦上，背著他在覆鼎金時候的包包。）

四、妹妹背著洋娃娃　　　　　　　　　　　　　　119

邦：人都到齊了嗎？一二三四，怎麼只有你們幾個？

郭韋萱，其同學呢？

（操偶的演員們轉頭看著王勝邦，面面相覷。）

薇：誰？你叫誰？

汀：他叫妳，郭韋萱。

華：（陣痛更密集，邊呻吟邊交代）王聖任！打電話，

叫王勝邦，去醫院，快……

任：王勝邦，去醫院，快！

（王勝邦轉頭就走。淑華大喊，勝邦回頭，燈暗。）

五、最小的大哥

（留著鬍鬚的王勝邦，又提又扛，搬了兩大落舊書上。）

（看見穿著藍衣的鴻俊上，勝邦喊住他。）

邦：王鴻俊，幫我把這些書搬進去！

王鴻俊：我是裕汀啦，爸爸。

邦：裕汀？你幹嘛穿鴻俊的衣服？

汀：爸，你又去搬二手書回來啦？

邦：對呀。快幫進去，叫裕汀先整理分配一下這些
　　書。

汀：我就是裕汀呀。

（此時，王聖任穿著王薇玄的裙子，一閃走過。）

邦：你是裕汀？那剛才那個是誰？

汀：大哥呀，大哥剛出去。

邦：你說你是裕汀？為什麼剛才那個那個（指門）幫

我搬書的也說是裕汀？

汀：剛才哪個？小智還是姊姊？

（剛好淑華牽著王智村和王薇玄從門外回來。）

邦：你們去哪裡？

華：薇玄陪我去郵局寄餅乾，剛好今天郵局沒人，一下就寄完，薇玄說想去餵貓，我們就回來帶了小智一起去。

邦：餵貓？為什麼餵貓要帶小智一起去？

薇：因為智村會說貓話啊。

邦：不要這樣亂講弟弟！

薇：真的！本來怕生的野貓，小智只要盯著一隻貓看，其他野貓就會全部跑出來。不信你問他。小智，說貓話給爸爸聽。

（智村看著逐漸圍靠過來的薇玄、勝邦、淑華、鴻俊，轉身慢慢歪頭望天。）

（眾人跟著他一起歪著頭，斜望天空。聖任在一旁看著家人。）

汀：你們聽到王智村說貓話了嗎？

華：你聽到啦？

邦：沒有。

汀：有啊！他說，你們為什麼要學「鴨仔聽雷」！

（聖任大笑，智村也咯咯笑著。裕汀招呼智村過去，和弟弟一起看書。）

邦：淑華，我跟你商量一下，以後男生們可不可以都穿固定顏色的衣服？譬如說，聖任穿紫色的，裕汀穿綠色的，鴻俊穿，嗯，藍色，然後智村穿，黃色，你覺得呢？

華：是啊，我是讓他們這樣穿的。你又認錯啦？

邦：哪有！我剛進門看到一個藍色的影子，我就叫「鴻俊」，他說他是裕汀！等一下穿紫色的出來，也說他是裕汀。還有那個綠色的。到底是他們不會分顏色，還是我有藍綠色盲？

華：是紅綠色盲，沒有藍綠色盲。我早就跟你說要認人臉嘛。用衣服顏色分，有潛在的矛盾。

邦：什麼潛在的矛盾？

華：我們說好了，哥哥穿不下了，給弟弟穿，對不

對？那哥哥要是固定穿同樣的顏色，衣服給弟弟的時候，不就亂了？

邦：喔，對。唉。還是薇玄好認，她穿裙子。

華：你確定？聖任，鴻俊，你們都過來。你們兩個，薇玄，全部排隊站好。

（五個孩子站一排。淑華點名，指出他們的衣服顏色，被點名的孩子答「有」。）

華：王聖任！（任答「有」）紫色。王裕汀！（「有」）綠色。王鴻俊！（「有」）藍色。王智村！（「有」）黃色。目前為止，都沒有穿錯。哪裡出問題了？

薇玄：（舉手）大哥穿我的裙子！那是我明天演講比賽要穿的！

華：王聖任！把妹妹的裙子脫下來！我才幫她改好燙好，等一下弄皺了怎麼辦？快去！其他人去寫功課，寫完準備吃晚飯。

（聖任穿著裙子不肯脫，薇玄追著哥哥跑。）

邦：淑華，你不覺得奇怪嗎？聖任穿薇玄的裙子！

華：小孩子，好奇嘛。家裡都是男生，只有薇玄一個
　　女生，難免

邦：不是，我是說，他穿她的裙子，居然剛剛好。

華：什麼剛剛好？你喜歡你兒子穿裙子？

邦：你沒有發現嗎？薇玄今年三年級，聖任比她大九
　　歲，所以聖任今年幾歲？十七。為什麼他穿薇玄
　　的裙子不大不小剛剛好？

華：你到底要講什麼？

邦：聖任是什麼時候停止長大的？

華：他一直都這樣呀。

邦：也許這就是問題！他也許生病了？要不要帶他去
　　看醫生？

華：不會啦。你講過好幾次了。可是我覺得他很好，
　　沒問題呀。

六、神童與力士

（門鈴響起。江宛容站在門外，甩著雨傘上的水。）

江：請問這裡姓王嗎？

華：我姓黃，我前夫姓王。

江：喔。

華：請問您要找哪位？

江：我是碧湖國小的教務主任，我

邦：（走近）江老師！好久不見！請進請進！

江：好好，謝謝。

邦：請坐，請坐。

華：（對孩子們）你們都進去，不要吵，大人在這邊
有事。

（五子並未離開，躲在不同角落偷看，時而比劃大人的談話
內容。）

邦：沒淋到雨吧，江老師？

江：啊？

華：您是江老師？

邦：聖任以前的班導師呀。江宛容，妳忘啦？

江：對不起，您是？

邦：我是王勝邦啊，王聖任的爸爸。她是我前妻，王
　　聖任的媽媽，黃淑華，我們以前都在學校教書。

華：我們什麼時候在學校教書？對不起，我前夫比較
　　愛開玩笑，別介意。

江：我沒找錯地址吧？我看看（翻閱手上的資料。）

邦：不會錯啦。你當過聖任的班導師，江宛容老師
　　嘛。（聖任換下裙子進）聖任，你過來。

江：我是江宛容，但我不記得以前／

邦：音容宛在，對不對？

江：誰在？

華：（手肘頂一下勝邦）江老師今天來是？

江：我是來找王裕汀的爸爸媽媽。

華：裕汀呀？他是聖任的大弟。

江：嗯。還有，王鴻俊。

邦：鴻俊也是我們的。

江：是。（環顧四周）真難得。剛才說你們是，前

夫，前妻？呵呵呵。真了不起，婚都離了，兩人還能這樣不計前嫌，增產報國，看這一屋子的孩子（四子高舉「音容宛在」），觀世音佛祖，太上混元老君！佩服！太令人佩服。是這樣的，王先生，黃女士，王裕汀的功課一直都非常好

邦：你們發現了？（對華）怎麼辦？他們發現了

華：發現就發現，有什麼關係？

江：發現什麼？

邦：不好意思，我們

華：有什麼不好意思？又不是偷生的！（對江）是這樣的，我們裕汀小時後就特別聰明，兩歲就會幫我找到東西，像是家裡的電話呀什麼的。四歲就可以在兩分鐘之內記住一百九十二個圖片，還有

江：所以我們希望他能接受智力測驗，然後轉到特教資優班去。也許

邦：不不不，千萬不要。（壓低聲音）測試這種神賜天賦，會遭天譴的！

江：他可以跳過小學中學，直接念大學或是研究所。不好嗎？

汀：（突然冒出頭）大學裡教的，一定比小學裡教的了不起嗎？大學生有比他（指著鴻俊）厲害的嗎？

華：我們沒有跟學校報告，就是因為他（指指裕汀）不需要跳級。

邦：正常就好。

江：喔，正常就好。（看看四周的孩子們）另外，關於王鴻俊

邦：你確定不認識王聖任？（指著聖任。）

江：我教過的學生很多，不一定每個都記得

邦：你忘了嗎？聖任二年級那一年

華：江老師，別介意。他最近記憶很差，連兒子的名字都會叫錯。

江：孩子那麼多，難免。我剛才說到哪？喔，王鴻俊同學上個星期在視聽教室上音樂課的時候，抓了很多螢火蟲。音樂老師才把燈關掉準備放影片，王鴻俊就把螢火蟲放出來，整個視聽教室像是一閃一閃亮晶晶，滿天都是小星星。（五子唱「小星星」。）

邦：鴻俊從小就喜歡抓蟲子。

江：音樂老師問他為什麼要這樣。他說，傳說中，每隻螢火蟲都是一個死人的靈魂，它們會去找到在世親人，停在親人手指上。如果一個人十根手指都停滿螢火蟲，就會因為過度思念親人而死。

華：這跟他在教室放螢火蟲有什麼關係？

江：我也不懂。所以我問他，他說，他只是想要證明
那些傳說都是沒有根據。

華：很好呀，蠻有科學精神的。

江：問題是，他之前已經讓小朋友相信那些傳說了
呀。你們想想看，全班小朋友在黑暗的教室裡，
突然看到螢火蟲飛出來，他們會怎麼想？一屋子
鬼魂哪！那些手上停了螢火蟲的，尤其害怕，都
嚇哭了！

（燈突然暗下，角落裡隱約出現一些螢火。）

江：（突然從椅子上跳起來）觀世音佛祖，停電了嗎？
那是什麼東西！

（鴻俊舉著旗幡，口念咒語「拜請三十三天都元帥台，金槍
一轉天門開，繡球出現五湖海，頭戴日月耀乾坤，腳踏七
星毫光大，弟子一心專拜請，中壇元帥降臨來」，四子隨
後踏著科儀步度從江宛容眼前走過去。燈光恢復。）

邦：有些人就是分不清楚現實和幻想（淑華手肘頂了

他一下。）

江：（緊張的左顧右盼）還有，前天，王王王鴻俊跟班
　　上同學起爭執，

華：他沒有打人吧？我跟他說過，不可以跟同學打
　　架。

江：沒有沒有。他只是輕輕拍了那個男生肩膀一下。
　　看到的同學們說的。

邦：還好，我以為他

江：那個男生被他輕輕一拍，就從那個孝班前門飛到
　　愛班後門，肩膀脫臼。

華：（大聲喊）王鴻俊

（鴻俊踏著滑板車，扛著哥哥，領著其他孩子，從父母背後
飛過去。）

江：先不要叫他出來！（江宛容被眼前景象嚇呆）太上
　　混元老君！對方家長知道鴻俊只是輕輕拍了一
　　下，所以也沒有要怎樣，只是今天早上就轉學走
　　了。（有點坐立難安）我的意思是，王鴻俊常常幫
　　我搬書櫃什麼的，一次搬兩個，好像在扛西瓜，
　　嗯，大西瓜，真的很熱心。（頓。小聲道）他知不

知道自己力氣很大？

（淑華和勝邦不置可否地看著彼此。）

江：沒關係。我就是跟家長說明一下最近學生在學校
　　的情況。教育是要學校和家庭一起配合嘛。那
　　好，今天叨擾兩位了。先告辭。

（勝邦和淑華送到門口。）
（江轉身，對著觀眾。）

江：我的觀世音佛祖，太上混元老君！看看他們這一
　　家，爸爸顛三倒四，媽媽說長護短，還有那一群
　　……真活見鬼！誰音容宛在？你們全家才，音
　　容宛在！我的車呢？（四下尋找）這麼快就被偷
　　了？我剛才到底騎沒騎來？奇怪……（下。）

（鴻俊騎著滑板車追著江宛容下。）

七、螢火蟲的記憶

（同樣在黃淑華的客廳，家具略作調整。）

（五子地上熟睡，每人頭側各一水杯，頭髮花白的勝邦徐徐注水入杯中。）

（剛洗完澡的黃淑華坐梳妝台前。夫妻倆邊聊邊幫孩子拉整被褥。）

華：熱死了。今年夏天怎麼這麼熱。（看著邦）王勝邦，你在幹什麼？

邦：噓！你不覺得他們這樣躺著，看起來很眼熟嗎？

華：廢話。這是家裡唯一有冷氣的房間，每年夏天他們都在這裡打地鋪吹冷氣。

邦：你看，哥哥睡在弟弟身上！

華：他們睡著了，你倒是都認對了。

邦：小時候在鄉下，聽老人說有一種叫什麼三疊葬法，把不同時間去世的人，疊放在同個洞穴裡，就像他們幾個這樣。

華：聽你在講古。什麼三疊葬？我看過站著的疊羅漢，躺著的，聽都沒聽過！

邦：淑華，你有沒有發現，我最近記憶力不太好？

華：有嗎？

邦：最近照鏡子，常常認不出來鏡子裡的自己，好像換了個人。

華：不就是白頭髮多了點？是不是最近太累了？早點睡吧。

邦：看他們幾個蘿蔔頭睡成這樣，讓我想起以前在南部教過的學生。五個小鬼感情特別好，好到約去墓仔埔寫生。

華：（有些擔心）你今天怎麼了？幹嘛一直講一些有的沒的？

邦：（安撫地）跟妳開玩笑的。我什麼時候去南部教書的？

華：勝邦，你是不是覺得家裡小孩太多，負擔太大？其實只要再熬幾年，孩子

邦：別亂想。小時候鄉下奇奇怪怪的傳說太多，有時候莫名其妙就會想起來，妳不要窮緊張。沒事沒事，睡覺吧。

華：所以，你沒有帶學生去墓仔埔寫生？

邦：沒有，有。沒有啦。怎麼會有人去墓仔埔，唉，我根本就沒有教過書嘛

華：不行。這個周末我們全家一起去碧湖釣魚！你需要休息一下。我記得你滿喜歡那個碧湖的

邦：愛說笑，哪來什麼碧湖？不就那一年下了場大雨，馬路邊有個大水窪⋯⋯（看著淑華）好好好，不開玩笑，我們周末去馬路對面的碧湖釣魚。（頓）其實，真正辛苦的人是妳。我只能幫忙送貨，每次訂單多的時候，只能在旁邊看你一個人拚命捏那些永遠捏不完的可愛動物餅乾。

（王智村睡眼惺忪的起身。）

王智村：爸，你可以做個鹿蛋。

俊：有滷蛋吃喔？哪裡？

華：作夢啦？三更半夜哪來的滷蛋？快睡覺。

鴻：喔。（倒下。）

智：媽，爸很想要幫你做餅乾，可是他捏不出來那些可愛動物，他就把一坨坨捏壞的麵團藏起來。

邦：你什麼時候偷翻我東西？

智：爸，你不覺得那些圓圓的捏壞的麵團，很像孵不

出仔的蛋嗎？有幾坨看起來好像臉融化的可愛動物。（躺下，又坐起）我喜歡你上星期做的那隻鹿蛋，梅花鹿的蛋。（躺下，睡去。）

華：小智？智村？這就睡著了？真是在說夢話！好了好了，都早點睡，明天還要給他們做便當呢。

薇：（推開疊睡在她身上的聖任）走開啦！媽，你看哥啦，這樣叫人家怎麼睡？討厭！

（舞台上出現螢火蟲飛舞。夫妻倆幫孩子拉整被角。）

華：你真的想要幫我捏餅乾？

邦：我手笨，做不來。

華：（親吻勝邦）謝謝。

薇：爸，媽，我的拇指上有一隻螢火蟲！

智：我也有！

裕汀：我們每個人的手上都有螢火蟲！

邦：小心不要捏死它們。

鴻：為什麼？

邦：每隻螢火蟲都是一個靈魂的記憶，它們守護在我們身邊，就怕我們忘記……

華：傻瓜，住在湖邊，蚊蟲當然多。關燈了關燈了。

邦：（突然站起身，細細檢視地板上躺著的每個人）等一
下！我想起來了！如果，他們都穿著白襯衫，打
著紅領結，就對了⋯⋯

（燈全暗。）

八、喜宴

（薇玄穿著婚紗裙，淑華幫女兒戴上珍珠項鍊。）

（王聖任穿著白襯衫、紅領結，紅色吊帶短褲，坐在一旁看著母親和妹妹。）

（裕汀和智村兩人都是西裝領帶，權充薇玄婚禮的招待。）

任：王智村，叫你媽不要哭啦。

智：媽不要哭。你把眼睛哭花，新娘子的臉就該被妳畫花啦。

華：台灣哪裡不能研究鳳梨，為什麼一定要去印尼？

薇：媽，我不是去印尼研究鳳梨，我是嫁去印尼。

華：為什麼要嫁去印尼？

薇：這個我們已經討論很多次咯。伍耀輝他們家在印尼的食品工廠在擴廠，我去也是學以致用嘛。

智：（學陳芬蘭唱起「雨夜花」）「雨夜花，雨夜花，受風雨吹落地」

薇：（跟著和了幾句）「無人看見每日怨嗟，花謝落土

不再回」。等一下，為什麼要唱這首？討厭！人
家叫（粵語）伍耀輝，不是「雨夜花」！

華：都是聖任的錯！

任：小智唱歌關我什麼事？

華：誰叫你小時候那麼愛吃鳳梨，害薇玄從小就學會
哪裡的鳳梨好吃，結果呢？

任：她老公是印尼華僑，在雅加達經營食品工廠賣鳳
梨罐頭，我能怎麼辦？

華：你害她大學就去學鳳梨！大學念完不夠，研究所
還繼續搞鳳梨。現在乾脆

薇：媽，我不是搞鳳梨！

智：媽，姊讀的是食品科技研究。（打住正要發言的淑
華）我知道（指指自己）整天跟阿貓阿狗說話，
可我是獸醫欸。那我唱歌好不好？「雨無情，雨
無情，無想阮的前程」

華：唱什麼唱？你姊姊才要嫁出去，你就詛咒她沒有
前途……

（裕汀急匆匆上。）

汀：小智，你可不可以出去看一下？伍家小孩鬧翻

了，我搞不定。

智：一家還可以，五家小孩我怎麼搞得動？

任：裕汀說的是你姊夫，「雨夜花」他們家。

薇：是不是伍耀輝他堂兄和表妹的小孩？哎唷，媽，
　　輕一點，拜託。

華：妳坐好，頭不要扭來扭去啊。

汀：伍家小孩大人都不會說中文，我印尼話又不通，
　　搞不定。

智：那我什麼時候會講印尼話的？

汀：你哪裡需要講印尼話？你只要用你的那些貓話、
　　狗話、雞話、鴨話、牛話、豬話，隨便哼一句瞪
　　一眼，就夠了……

智：姊，二哥罵人喔。他說姊夫家是，動物園。

薇：兩位辛苦了！我親愛的小弟，拜託！

汀：姊，雖然我們幾個弟弟等你結婚等很久了，可是
　　你怎麼千挑萬挑，最後卻挑了個賣水果的，還是
　　在印尼賣鳳梨！

華：什麼印尼鳳梨，台灣鳳梨？該做什麼做什麼去！

汀：（比一比淑華，對智村）聽到沒？快去！

（勝邦上，攔住正往外走的智村。）

邦：去哪？

智：動物園。（頓）他們伍家小孩

邦：什麼四家五家？幾家都一樣。先進去。

智：喔。

薇：爸！你怎麼現在才來？

華：你記不記得今天嫁女兒？到處亂跑。

邦：大家都到了嗎？（四處看看）還少一個，誰遲
　　到？

任：王鴻俊。他帶的加拿大豪華旅遊團昨天半夜才回
　　台灣，早上大概爬不起來。

（鴻俊抱著幼子小俊小偶上。）

鴻：誰在背後說本人壞話？（對著小偶）小俊，看看
　　這裡都是誰？

華：誰來啦？誰家的寶貝來啦？（伸手逗弄。）

鴻：叫阿嬤，快叫，阿嬤，嬤……

華：（接過孫兒）乖！我的寶貝孫怎麼現在才來？大
　　姑姑今天結婚欸

（眾人逗弄小兒。）

任：大家安靜，爸要講話！

邦：沒有什麼。就是，今天薇玄結婚，我唯一的女兒要出嫁了。她一結婚，後面的弟弟們，也可以結婚了。除了鴻俊已經先偷跑。

任：他從小就跑得比別人快，沒辦法。

汀：鴻俊是帶團的時候，跟（指著小孩）他媽媽在飛機上洗手間歪哥，結果

鴻：王裕汀先生，拜託不要污染我姊的婚禮。

邦：媽媽很不容易，辛苦帶大你們幾個。（環顧眾人）嗯，我常常叫錯名字，今天就不點名了。我是想說呢，爸爸一無橫財，二無特殊本領，全靠著媽媽做可愛動物餅乾才能把你們養大，我就做這個送給薇玄，當結婚禮物。

鴻：結婚禮物？我怎麼沒有？（邦拍拍鴻俊肩膀。）

薇玄：謝謝爸爸。（打開禮物盒，取出一個橢圓物。）

任：這什麼？

汀：一顆捏壞的頭。

（小孫子伸手指著禮物說：「幹」。）

華：他說什麼？（打鴻俊）都是你！大人沒大人樣，

整天滿口髒話！你看！哪有小孩開口講話第一句
　　就是髒話！

鴻：不是啦，媽，哎呦

智：蛋，他是說蛋。

鴻：謝謝。

薇：蛋？什麼蛋？

智：爸做了一個蛋，送給妳。

任：你怎麼知道這是蛋？

華：(對邦) 你這到底是什麼？真的是蛋？

邦：麒麟蛋。

華：啊？

薇／汀／鴻：麒麟蛋？

智：對，是麒麟蛋！爸，你真的做出來了！

汀：(看著智村) 麒麟是卵生動物？

智：不要問我，問令尊。

邦：麒麟送子嘛，取早生貴子的意思！呵呵。

薇：喔，好！謝謝爸！嗯，麒麟蛋！太棒了。

華：你爸捏不出可愛動物，送你一個蛋，叫你自己孵
　　的意思。你愛孵成什麼就孵成什麼，懂吧？

薇：還是媽比較懂爸。

邦：(取出另一個盒子給裕汀) 這個給你。

汀：為什麼？

邦：你雖然插隊，比姊姊早一步結婚

智：（搶過來）爸，他不是鴻俊。我才是。

邦：瞎鬧，他（指著裕汀。）

汀：（搶蛋）明明就是給我的。謝謝爸

華：（拿過盒子給鴻俊）都幾歲的人？這也可以鬧？拿
　　去。孫子你生的，蛋你的

邦：（對著鴻俊）鴻俊啊？

鴻：爸，你看啊，二哥打的是綠色領結，我的是藍色
　　的，我是鴻俊，你孫子是我兒子。

邦：你孫子是我兒子？（指著不知何時爬到他懷裡的小
　　孫子）亂講，他明明是我孫子！

華：還好現在只有一個孫子，真不知道以後怎麼辦？

邦：以後都叫囝仔啊。（逗弄小孫子）囝仔！囝仔！以
　　前也沒想過自己會有開枝散葉的一天，所以呢，
　　根本不必去想以後。

（勝邦將小俊交給淑華，拄了拐杖起身，勝邦獨行在前，好
像多年以前，他從覆鼎金流浪回家，後面跟著青春永駐的
淑華和長不大的聖任。）

任：爸，以後還有我。

邦：對，還有你這個長不大的囝仔，和你媽媽，還有樓下那個湖。走，我們去湖邊看看。

華：又在講古。記不記得，那年下大雨，下出個大水窪結果被你說成是碧湖。

邦：碧湖？那不是金獅湖嗎？我記得旁邊有個廟，叫什麼保安宮的。

華：跟你說了多少次，沒有湖，馬路邊除了我們家，哪有什麼廟？奇怪的是，這幾年倒是飛來很多候鳥。

邦：是嗎？好，你說我記得什麼，我就記得什麼，都聽妳的。（頓）任任，你有沒有聞到一股鳳梨味？

任：爸，我從來不吃鳳梨。

華：你又聞到鳳梨味啦？

邦：我有沒有跟你說過，以前教過的五個學生？

華：聽過幾百次，都會背了。

邦：他們住在一個叫做覆鼎金的地方，地下藏了很多寶物，每次有人要挖寶，土地公就會下一場大雨，再請來五個天神

華：等一下，你是說哪五個？是哪吒的五個徒弟，還

是你那五個學生？

任：我也不確定。反正每次走到湖邊，就會聽到他們
　　在唱歌，

（淑華開口唱著「五子歌」，五子跟和著，慢慢走到他們
身後：「趴鼎金，選五子，五子領奇能，本領同天萬事
成。」）

邦：你會唱？

華：你教我唱的呀，又忘了？

邦：五個裡面，女的叫郭韋萱，個性堅毅又溫和。

華：我知道。那個最聰明的是梁育廷，叫孫宏軍的是
　　個大力士，眼睛會催眠的神祕小孩是吳子淳。還
　　有個子最嬌小的是洪嘉枝，對不對？

（隨著淑華點名，操偶演員與戲偶一一跪坐在旁，猶如兒女
與學生齊聚。）

邦：淑華，你看！（低頭看著地上，看不清楚，蹲下身）
　　你看，你看這個湖水裡面好多人！……那個白
　　髮白鬍子的八十歲老頭（摸著自己一頭白髮），是

我，旁邊那個俏麗短髮的是妳，你都沒有變，還是三十三歲的樣子。（**轉頭端詳淑華**）只要看到你和任任都沒有變，我就覺得安心。（**低頭再看湖水**）咦，任任呢？（**撈著水中倒影**）怎麼沒有看到任任？淑華？淑華妳要去哪裡？（**趴在湖邊，撈著水中倒影**）淑華，你們等等我，不要丟下我一個人……

（淑華牽著王聖任走到一旁，靜靜看著覆鼎金五子放下王家小孩於地上，看著王勝邦臉朝下趴在湖中。）

（燈暗。）

第三部：問鬼神

一、回魂

（「五子歌」歌聲在遙遠處持續著。）

（勝邦醒來，看到躺在他身邊的五個孩子，每人頭上一個空罐子。）

邦：起床了，淑華！（頓）任任，薇玄，叫弟弟們起來，我要關冷氣咯。（轉身發現躺在他身旁的是覆鼎金五子）郭韋萱？梁育廷？怎麼是你們？（發現自己身體）我怎麼變成？這是哪裡？（再次檢視躺著的五人）吳子淳！孫宏軍！你們為什麼躺在這裡？快起來！不要玩了！（翻看他們頭上的陶罐）乾的？每個陶罐都乾的！罐子裡沒水，他們的靈魂怎麼回家？不行，（看周圍環境）我去找水！

二、湖畔醮會

（山景邊，張有隆和老邁的郭科星拄著雨傘走來。）
（科星蝦米一樣彎著腰，喘得厲害，說話幾不成句。）

邦：阿伯，借問保安宮怎麼走？

星／隆：王老師！

邦：你們是？

星：我里長。

邦：你低調？

隆：伊講伊是里長啦。鼎金里欸里長伯。

邦：郭里長！有隆兄！

（張有隆在旁加油添醋的替他翻譯。）

星：沒老，沒老。

隆：都老得倒勾成這樣，猶沒老。第三隻腳都長出來
了，看到沒？（對邦）阿姊過身以後，伊就攏不

會講話，不會吃飯，什麼攏不會，我俩接來顧，顧到這幾年，就無容易顧到伊會講話了，哇，一開嘴，未輸雞胿仔消風，咻咻叫。

邦：里長夫人過身了？當時？

星：作伴，作伴。

隆：王老師離開彼年呀，若大雨做大水，有無？我們這裡做大水嘛。我姊仔就沒去了。俺兩邊都沒後嗣，欲按怎？只好是兩個同襟隨在過。

邦：里長沒有小孩？

隆：沒有啊。

星：沒老，沒老。

隆：是講過很久了，哇，很像幾十年有喔，王老師攏袂老。轉來迌迌呢？還是來保安宮鬥鬧熱？

邦：這裡就是保安宮？有位洪啟松洪董仔，還在嗎？

隆：做土水仔的沒有一個叫洪董仔喔。

星：大善人。善，善人。

邦：洪啟松是大善人？

星：作大水，擺香案，祭天治水，（邊喘邊拿著拐杖比劃划船動作）划水仙。

邦：划水仙？什麼是划水仙？

隆：哎唷，你是講保安宮那個喔？人早就沒了啦。每

次也講那個。幾百年前的事情。臭酸了啦。（對
星）你看，人要扮鬧熱了，坐這恬恬看。

（舞台上高高豎起陰陽篙燈旗幡各一隻，香案布置，法會欲
起。）

（穿著同款不同色圍裙的朱添梅、鄭淑娟案前準備齋食供
品。）

（勝邦趨前。）

邦：借問……

朱添梅：王老師！

鄭淑娟：王老師？

朱：我是那個澄清湖開渡輪的，姓孫的呀，記不記
　　得？那時候你有個學生

邦：孫宏軍！

朱：誰？

邦：妳兒子呀。對不起，是你小叔過繼給你們的兒子
　　（朱一臉狐疑）你剛剛說，我有個學生？

朱：對呀，你有個學生，跟爸爸媽媽來澄清湖坐船，
　　不小心掉下水，整張臉被那個馬達螺旋槳打壞
　　掉，還好那時候你幫我們講話，忘記喔？

邦：有嗎？

鄭：有啦，她們孫先生因為那次，就把船公司收掉了。

邦：那你們現在？

朱：孫仔很早就過身。我現在自己一個，老厝顧不贏，伊作伙，伊，那個養鴨大王吳通的兒子吳木山，伊太太呀？哎呦，就早前做歌星的鄭淑娟嘛。

邦：喔，吳子淳的，媽媽！你好你好！

鄭：我沒有小孩啦，王老師。

邦：你沒有小孩？那吳子淳

朱：唉，真的還好沒有。

鄭：萬幸沒有。那場大雨，沖掉我先生的養鴨場。萬一有小孩子，一定會和那些鴨子一樣，全部淹死……（嗚咽起來。）

朱：吳木山為了救鴨子，被大水沖走。伊翁仔某感情足好，偌不是愛顧那個吳通，伊翁一死，淑娟恐驚亦……唉。我們跟溫文仲作伙開素食餐廳，伊那個孝呆大官，（指坐在輪椅上的吳通）彼個吳通啊，佮綁著著。

邦：等一下，溫文仲還在覆鼎金？

朱：在啊。（對內）文仲啊。

鄭：溫文仲！

（溫文仲上。）

溫：各位信士，再等一下，再等一下道長就到了。

邦：文仲老弟？！真的是你！

溫：（用力看著勝邦，幾乎貼上臉地看著）你是？王大哥！

邦：對啊。好久不見！看到你真開心，你一直住在這裡？

（兩人開心拍肩擁抱。）

溫：對呀！從那件事以後，我就留下來了。

邦：哪件事？

星：做大水，做大水。

隆：別人的事情，你莫睬。

溫：（拉邦到一旁）唐麗芳，你記得嗎？

邦：唐麗芳？

溫：我學姐啊。為了送她禮物，我買了五條同款不同

色的圍裙，不知道要送哪一條，還問你，有沒
有？

邦：(指指朱鄭身上的圍裙)就那五件？你留到現在？

溫：那時候她是不是肚子裡有個遺腹子？

邦：有有有！我記得，這個我記得 (頓) 後來呢？

溫：後來就做大水。下了好幾個禮拜的大雨，不知道
她怎樣突然發現小孩已經死掉，自己人也不見
了，到處找不到。後來有人說看到她，在澄清湖
底。

鄭：這個傻瓜就天天到湖邊等。

朱：說要在湖邊賣素食，萬一唐麗芳回來，很快就會
找到他。憨仔……

溫：剛好添梅姐家湖邊老房子沒人顧嘛，就在這裡一
起開個小吃店。

邦：這樣呀？

鄭：就這樣呀啊。天天盯著湖水看，看得眼睛跟清晨
的湖面一樣，水墨淡淡，煙雨濛濛，一片稀裡糊
塗。(看到江婉蓉上) 啊，她們來了！到了，人到
了！

(穿著道袍的女道長江婉蓉駕著滑板車，載著八十九歲的洪

徐玉鳳上。）

朱：哇，不輸騰雲駕霧喔。大姐也來了。

江婉蓉：（「鹽埕區長」牛馬調）「坐著板車要啊上班

　　　　呀，三點五分到廟埕喔。咱沒緣分來呀相見

　　　　唷，姑娘仔不可暗悲傷也。」

鳳：姑娘仔是誰人？

江：（唱）「保安宮主徐玉鳳，人人叫伊徐大姐」，

鳳：（唱）「哎唷，做人慷慨有誠意啊。」

鄭：江道長慈悲。大姐好。

溫：大姐，道長慈悲。

鳳：道長慈悲，大姐加減慈悲。

江：各位信友慈悲。

邦：江宛容！

江：這位信友是？

邦：你是道長？你沒有被那場大水沖走？妳兒子那時

　　候，哇，真是

（徐玉鳳顫巍巍地站直了身軀望著勝邦微笑，勝邦呆看著

她。）

　　　　　　　　　　第三部：問鬼神

江：我

邦：淑華！妳怎麼？妳怎麼會在這裡？妳（細細打量，撫摸她臉龐）妳老了……

江：誰是淑華？

溫：王大哥，你跟我一樣，眼朦朧，鳥朦朧喔？這位洪啟松先生的夫人，

鳳：你怎麼看起來都沒變？我都要做九十了，你還跟三十幾歲人一樣？你知道我們這裡今天做法會喔，王老師？

邦：法會？不是，對不起，我以為

星：大善人！大善人！

鳳：不要再講了啦，郭仔。大家都是厝邊隔壁。

隆：我也是這樣跟他講。老到倒勾，還在囉嗦那些。

星：教科蘇（書）。教科蘇啦。（勉力對王勝邦揮著拐杖。）

隆：人家只是做老師，沒有在印教科蘇啦。講話漏風，要吃蝴蝶酥喔？

邦：里長伯說什麼酥？

溫：就那一年颱風下大雨又滿潮，海水倒灌，洪大善人發重誓保護覆鼎金，在保安宮廣場搭棚作法，請水仙尊王停止降雨，做了七七四十九天的划水

仙，雨才停。結果，洪大善人太累，就，剩下大姐孤身一人。

鳳：唉，那時候，哪一家沒有淹死人？吳木山跟鴨寮一起被沖走，添梅伊囝婿，去澄清湖幫朋友，跌到湖裡，也沒了。

邦：我知道。我就是要跟你們說，剛才醒來，我看到五個小孩……（看著鳳、溫。）

溫：所以郭里長一直講要把洪大善人的事蹟編到教科書裡面。

鳳：編到教科書太困難，聽說要吵好幾個架。不要啦。

溫：要不然妳通通繡到圖畫裡，掛在八仙桌旁邊，來燒香的通通可以看到。（對邦）徐大姐的刺繡，南台灣有名聲喔。

鳳：覆鼎金太多故事，我一個人繡了這麼久，腰都繡彎了，也繡不完。唉，一世人無閒，最遺憾就是沒有幫洪先生留下一兒半女。

星：教科蘇啦。

（江婉蓉穿好法衣道袍、戴妥蓮花冠，遞道袍給徐，安置板凳準備作戲。）

江：先作一段孝戲，「朱壽昌辭官尋母」，讓今天的主家年年平安大賺錢，

鳳：（接過道袍，邊扮邊作）賺大錢喔。

隆：（拍拍溫的肩膀）一邊道德院，一邊保安宮，真正佛道本一家。你厲害！

江：主家賺大錢，順便讓那些遲到的敲鑼打鼓的拉西兩三年。

溫：夭壽，後場還沒到。我去看看。（下。）

鳳：才遲到兩三分鐘，你就要人家拉西兩三年。來唔，喊得隆咚鏘喊鏘……後邊誠實無聲？頭前的，霆起來喔。王老師，你也參一腳。（鄭、朱、隆、星、邦聽令，碗盤筷子一陣鑼鼓點子。）

江：婆仔今天出門來去做孝戲，要先來洗頭打扮。

鳳：婆仔，您今年幾歲？

江：五十八歲正青春。

鳳：還差兩年六十歲。

江：六十歲才要談初戀。

鳳：六十歲談初戀，那七十歲呢？

江：七十歲小喬出嫁時。

鳳：夭壽，小喬七十歲還有人要？八十歲呢？

江：八十歲生個女總統當女兒。

鳳：不要臉。九十歲呢？

江：九十歲再生個女總統當孫子。

鳳：放臭屁啦，妳敢有彼個才調？你就老老實實跟我
　　一樣，做一個鰥寡孤獨的老婆仔。

江：老婆仔當起來咯，嘿嘿嘿。後面敲鑼打鼓的再不
　　來，各位碗盤筷子繼續霆落去喔。（眾人一陣敲
　　打）好了，好了，老婆仔愛歇一下。老姐姐，先
　　歇一下。

（勝邦趨前，在玉鳳身邊悄聲問。）

邦：徐大姐，借問一下，她真的是江宛容嗎？

鳳：是啊。

邦：就是那個沒有花花草草，音容宛在的宛容？

鳳：哎呦，王勝邦，你怎麼這樣說話？人家是婉約芙
　　蓉啦。

江：音容宛在的，正是家師。

邦：江宛容是道長的師父？那她也在道德院嗎？

江：有沒有聽過「雞鳴渡海」、「天仙歸元」？（指天
　　畫地道故舊，繞攏眾人）家師江宛容十六歲道德院
　　皈依，二十四歲那一年，師兄患怪症，為淫邪之

氣所擾，需以金眶蟾衣、石斛、酸棗仁、紫石英煎服。其中金眶蟾衣太罕見，只有洞庭湖第七個轉彎口才偶爾看得到。（眾人讚嘆聲。）

鳳：金眼眶的蟾蜍，不輸那個畫眼線的仙女，沒有人見過喔。

江：據說，那年一個秋天的清晨，當時的老道長正灑掃庭院，聞異狀雞鳴，一回頭，卻原來是他的師妹我的師父江宛容，單腳立於金獅湖欄杆上，仰天作雞鳴狀「go go go」隨即縱身躍入湖中，使搬運法術，連夜來回高雄金獅湖與湖南洞庭湖之間一千多公里，取得百年難見的金眶蟾衣一件。（讚嘆。）

鳳：之後，這之後呢，金獅湖的蟾蜍每到蛻皮，就要學江師姐縱身跳湖，皮全部脫光光才會出來，道德院裡的道人就趕快收蟾衣，製藥引。道德院從此成了全台灣唯一可以找到蟾衣的所在。

朱：蟾衣是吃什麼的？

鳳：講古你也信！癩蛤蟆那麼毒，毋通烏白食。

邦：江宛容是不是有個小孩叫梁育廷的？

鳳：江道長三十六歲閉關的時候，頭戴著道冠，盤腿坐在圓圓的蒲團上，三年後閉關室一開，嘩，我

記得，大風起兮雲飛揚，香案吹倒，裡面只有一頂道冠……天師已然悟得正道，化身萬千，無所在也無所不在。伊無後生。

江：沒有，從來沒聽過梁育廷這個名字！

溫：大姐，道長，後場到了，神壇前面請。

邦：這樣啊？

江：好！隨來！（欠身鳳）師姐請。

（鑼鼓響起，江婉蓉徐玉鳳轉上舞台操持法事。）

邦：（對溫）老弟，有件事想問你，剛才……

溫：什麼事，王大哥？

邦：（看著溫、朱、隆、星都穿上法事背心）今天為什麼要作法事？

溫：因為唐麗芳啊。

邦：你找到唐麗芳了？

溫：她一直都在啊，在澄清湖底。很多人都見到過。而且都是這個季節，湖面水氣最大的時候。你以為視線不好，心裡反而最清明，最容易看見另一邊。

邦：辦一場法會，你就可以去另一邊探望她？

溫：五十年了，我實在好想她。喂，你要不要一起

去？

（朱添梅、鄭淑娟突然開口。）

朱：淑娟有個祕密想要對你們講。

邦／溫：什麼祕密？

鄭：你先講啦。

朱：你先講。

鄭：你先講。

朱：好啦。我也想跟你們一起去。去看我老公。伊一
　　個人在湖底睡太久，太孤單。

鄭：我也想去，可是我不能丟下公公一個人。（從通
　　懷裡拿出一隻木頭鴨，對朱）添梅姊，如果看到我
　　們吳木山，麻煩妳把這個拿給他。跟他說，嗯，
　　也不用說什麼，他看到這隻鴨子就懂了。

（坐在輪椅上癡呆的吳通突然起身，仰天長嘯，眾人凝滯不
動。）

通：你說那個墳上兩竹竿呀，風吹常裊裊，我說那個下
　　有百年人喔，長眠不知曉！噓！通通安靜。退……

（通坐下，隨即睡去，其他人若無其事地繼續。鄭推輪椅至
江處。）

鄭：我還有一個祕密。（拿出一張字條）以前在歌廳唱
　　歌的時候，有個鼓手教過我念過一首歌謠，他
　　說，念這首歌謠就可以跟另外一個世界溝通的密
　　碼。不知道有沒有記全？

鄭：好像是「什麼墳上兩竹竿呀，（朱加入）風吹給
　　他常裊裊」

隆：（國語念道）「那個下有百年人呦，長眠怎樣不知
　　曉」。妳們怎麼會這首？

朱：你嘛知？

隆：當然嘛知。覆鼎金每個土師仔、撿骨師，都知。
　　是講猶未看過按怎用。

科：上蕙！上蕙！

隆：老番癲，亂叫亂叫。你不是驚坐船？

鳳：（手提一包袱走向勝邦）王勝邦。

邦：（迎上）大姐也想一起去嗎？當年嘉枝死的時
　　候，妳一定很傷心吧？

鳳：（看著勝邦，欲言又止）這個包袱給你。

邦：（接過包袱，順手一摸）礦泉水？我都忘了我來這

是要找水的⋯⋯你早就知道，對不對？你一直都
知道我來這裡是因為（包袱中摸到另一物）蠟燭？
這是？

鳳：船到湖中間，把蠟燭沉下去。如果她想要被你看
見，這些蠟燭就會照亮她的臉，好像睡覺那樣。
你就可以澆一點水在她頭上的陶罐裡。

邦：她？她也在湖底嗎？

鳳：記得，澆好水，在旁邊等一下。她如果也在思念
你，就會醒來。她如果沒有思念你，千萬不要叫
喊，不要打擾她。

邦：你說的不是嘉枝？那是誰？是誰在思念我？

鳳：你剛才問我，是不是想一起去？我不想。但是你
想。（端詳勝邦）可是生死有界，懂不懂？（撫邦
臉）有些事不能強求，有些靈魂不能強訪。知道
嗎？

邦：（抱住徐）你說的是淑華，對不對？妳一直都知
道，妳

鳳：（推開邦）已經走掉的，就不要在那裡「勾勾凹
凹」（糾纏），不然怎樣快活？

溫：王大哥，船要開了，快過來！

鳳：去吧。那邊在等你。

（燈暗。）

（高台處燈光下，鑼鼓點響起，江婉容，徐玉鳳，鄭淑娟科儀比劃。）

江／鳳 (吟唱)：一度花時兩夢之，一回無語一相思。

　　　　　　　　相思墳上種紅豆，豆熟打墳知不知？

　　　　　　　　向使當初身便死，

　　　　　　　　魂顛魄悸，一生真偽誰復知？

三、我們是誰？

（王勝邦揹著玉鳳給的包包，拿著礦泉水往五人頭側的陶罐澆水。）

（王聖任戲偶躺在地上，身邊是王家五子操持鼎金國小學生打扮的戲偶：王薇玄操持郭韋萱戲偶、王裕汀／梁育廷、王鴻俊／孫宏軍、王智村／吳子淳。）

邦：（抱起聖任戲偶，輕輕喊）任任，任任。（郭韋萱起身，看見王勝邦／王聖任。兩人同時喊出對方名字。）

邦／韋：王薇玄！／王聖任！

邦：你叫我什麼？

韋：王聖任，你家人來看你啦？

邦：我是王聖任？（檢查自己和戲偶）我是王聖任？那妳是誰？

韋：我是郭韋萱。你好。謝謝你幫我澆水。

（王裕汀／梁育廷、王鴻俊／孫宏軍、王智村／吳子淳，紛

（紛醒來。）

梁：嗨，郭韋萱，王聖任。

任：你也認識我？

韋：陶罐上有你姓名。

軍：（伸個懶腰）哇，這是哪裡？

梁：這裡喔，那要看我們是誰。

淳：什麼意思我們是誰？我是吳子淳啊

軍：你如果是吳子淳，這裡就是萬應廟，那我就是孫
　　宏軍。（指著梁）你是……

韋：梁育廷啦。

梁：郭韋萱，剛才是妳幫大家澆水的嗎？

韋：不是我。是他（指任。）

淳：為什麼是他幫我們澆水？

軍：因為家人忘記我們了。

任：也許我們根本沒有家人。

梁：亂講話。

韋：回家看看就知道了嘛。有誰想出去？（四個人都
　　舉手）那我們分頭找出口。

軍：好，我找哪裡。

梁：我負責這邊。吳子淳你去後面。

韋：好，我找這邊。（四人分散下）王聖任，要不要
　　跟我來？

任：你認識他們三個？你們是一起的？

韋：對呀。

任：那我為什麼也在這裡？我又不認識他們

韋：有什麼好奇怪的。不認識的也可以

任：但我好像認識妳……（頓）你是不是鳳梨專家？

韋：我是鳳梨專家？真的？我有長大？那我有沒有結
　　婚？你看過我穿白紗嗎？

任：有。但是妳不叫郭韋萱。

（其他四子上。）

淳：外面雨下得好大，我找不到麼萬應廟！

韋：日人納骨所呢？

淳：沒看到。

梁：回教公墓整個被夷平，怎麼可能！

軍：覆鼎金不見了！外面什麼都沒有，只剩下光禿禿
　　的黃土，還有兩個積了雨水的大窟窿。

任：什麼是覆鼎金？

韋：覆鼎金是不是被拆了？

梁：幾萬座墳墓，他們要怎樣移走？

淳：萬一，萬一真的拆了，我們要去哪裡找家人？

軍：我爸媽以前在澄清湖開快艇，澄清湖現在還在嗎？

韋：覆鼎金又澆鼎了！

軍：又有人想挖覆鼎金地下的寶藏嗎？

梁：一定是覆鼎金正在下大雨淹大水保護自己，所以我們才會什麼都找不到！

淳：萬一雨太大，爸爸和爺爺的鴨子會不會被大水沖走？

任：如果你們找不到以前的家人怎麼辦？如果他們根本不想念你們呢？

軍：可是我們想念他們啊。

淳：還有鴨子。我好想我的鴨子。

梁：不行！我們不能讓覆鼎金做大水。

軍：我們可以去找哪吒！

淳：師父又不管這個。

任：你們可以划水仙。

韋：什麼是划水仙？

任：好像划水仙就可以請水仙尊王保佑不要再降大水。

淳：水仙怎麼划？你知道嗎？

梁：也許就是划龍舟那樣。

軍：那邊有拜拜剩下的筷子，可以當船槳。（檢視祭拜剩下的筷子。）

韋：好。一二三四，（對聖任）加上你，剛好五個，一起？

（下舞台，聖任接過韋萱手中筷子，五子排坐，以筷為槳，做划舟科儀。）

（上舞台，鑼鼓點響起。江婉蓉、徐玉鳳、鄭淑娟的科儀步度加快。上下唱和。）

江鳳鄭念唱：「一度花時兩夢之，一回無語一相思。」

五子念唱：「我說墳上兩竹竿呀，風吹給他常裊裊」

江鳳鄭念唱：「相思墳上種紅豆，豆熟打墳知不知？」

五子念唱：「那你說下有百年人呦，長眠怎樣不知曉」

江鳳鄭：「向使當初身便死，魂顛魄悸，一生真偽復誰知。」

（燈暗。）

（劇終。）

首演資訊

衛武營國家藝術文化中心二〇二〇年

The Apocalypse of Fudingjin
魂顛記——臺灣在地魔幻事件

首演時間：二〇二〇年十二月十一至十三日
首演地點：衛武營國家藝術文化中心戲劇院

主辦暨製作單位	衛武營國家藝術文化中心
藝術總監	簡文彬
製作人	郭遠仙、林娟代
製作統籌	謝長裕
編劇、導演	周慧玲
主演	林子恆、徐堰鈴、韋以丞、吳世偉、劉廷芳、呂名堯、李梓揚、吳維緯、劉毓真
小說原著	謝鑫佑《五囝仙偷走的祕密》
舞台設計	陳慧
燈光設計	郭建豪
音樂設計	陳建騏
服裝造型設計	謝介人
偶戲顧問	石佩玉
戲偶製作	梁夢涵
偶戲動作指導	陳佳豪
動作指導	楊乃璇
台語指導	陳盈達
宣傳行銷	衛武營行銷部
平面設計	林正佑
攝影	陳又維

宣傳短片拍攝剪輯	張能禛
技術統籌	陳美玲、顏嘉煌
舞台監督	張仲平
場館舞監	廖敏慈
舞台技術指導	楊淵傑
音響技術指導	陳鐸夫
妝髮造型統籌	謝夢遷
前台經理	黃淑綾
執行製作	謝宇涵
導演助理	黃品瑄
排練助理	黃士軒、林儀芸
舞監助理	周欣賢
舞台設計助理	鍾宜芳
服裝設計助理	林馨
梳化	謝采彤、王秀雯
佈景製作	罐子設計製作有限公司
節目冊撰文	蔡瑞伶
特別感謝	陳嘉貞小姐、陳紹元先生、 陳志良先生、許仁豪先生

VOO0021 Origin

魂顛記

編　　劇—周慧玲

資深主編—謝鑫佑

校　　對—謝鑫佑　周慧玲

行銷企劃—藍秋惠

美術設計—蔡南昇　金彥良

總 編 輯—胡金倫

董 事 長—趙政岷

出 版 者—時報文化出版企業股份有限公司
　　　　　一〇八〇一九台北市和平西路三段二四〇號四樓
　　　　　發行專線—(〇二)二三〇六六八四二
　　　　　讀者服務專線—〇八〇〇二三一七〇五
　　　　　　　　　　　(〇二)二三〇四七一〇三
　　　　　讀者服務傳真—(〇二)二三〇四六八五八
　　　　　郵撥—一九三四四七二四時報文化出版公司
　　　　　信箱—一〇八九九台北華江橋郵局第九九信箱

時報悅讀網—http://www.readingtimes.com.tw

文化線粉專—https://www.facebook.com/culturalcastle/

法律顧問—理律法律事務所　陳長文律師、李念祖律師

印　　刷—勁達印刷有限公司

初版一刷—二〇二〇年十月三十日
初版二刷—二〇二〇年十二月八日
定　　價—新台幣四五〇元
（缺頁或破損的書，請寄回更換）

時報文化出版公司成立於一九七五年，
一九九九年股票上櫃公開發行，二〇〇八年脫離中時集團非屬旺中，
以「尊重智慧與創意的文化事業」為信念。

魂顛記 = The apocalypse of fudingji / 周慧玲作 .- 初版 .- 臺北市：時報文
化,2020.10
176面；12.8X18.5公分
ISBN 978-957-13-8411-5(平裝)

863.54　　　　　　　　　　　　　　109015694

ISBN 978-957-13-8411-5
Printed in Taiwan